九歌少兒書房

行政院文化建設委員會 指導

揚帆吧！八級風

花格子・著　劉淑儀・圖

評審委員推薦

向　陽：（名作家）

這篇作品以一群喜愛帆船運動的年輕人為主角，描述他們以帆船勇渡黑水溝（台灣海峽）的故事。作者透過他們，詳細描繪了帆船運動的特性，關於海域、以及海洋風浪知識，並寫活了在「八級風」的團體中，他們情同家人的深厚感情。這篇小說題材具有開創性，故事起伏，如海浪的波動，情境相宜，能帶領讀者進入海上活動的世界。

馮季眉：（國語日報總編輯）

十四歲的少年王澔，加入了風帆駕駛團體「八級風」，將要挑戰金氏世界紀錄，駕駛風帆勇渡台灣海峽。他能成功嗎？

小說不僅帶領讀者伴隨主角經歷這項挑戰，還讓讀者不知不覺中獲得許多知識，包括風帆駕馭技巧、澎湖與荷蘭人在十七世紀的歷史交會、澎湖的文史背景與古蹟。這些歷史的回顧或知識的傳達，透過作者以極自然的方式穿插敘述，不但絲毫不影響故事的節奏，反而更添小說的厚度與豐富性。

沈惠芳：（少兒名家）

以愛與希望為主軸，風帆勇渡海洋為題材，譜寫溫暖明亮的生命之歌，在材料選擇和故事結構上別出心裁，有令人耳目一新的感覺。讀者從緊湊有致的節奏中，隱約可以讀出：為一時的挫折所苦，是人之常情；能為自己的理想和責任戰勝挫折，才是真正的勇者。

主要人物介紹

王澔

十四歲的國中男生，高且瘦，皮膚黝黑，個性開朗、純真，但自信稍嫌不足。天生具有駕帆的手感，是風帆界的明日之星。

海薇

最晚加入八級風，來自台灣唯一不靠海的南投。外型清麗脫俗，喜歡紮一束馬尾，如海中之花。但倔強，有不服輸的性格。

三哥

學勝老師，一名負責任的體育老師，行事有主見，較為獨斷。與海薇產生戀情。

怒號天

在八級風中排行老二。駕帆技術優，但個性沉穩內斂，加上喜怒不形於色、話不多，因此給人的感覺冷漠。喜歡在海面上尋找契合本心的寧靜。

五哥

王清吉，在八級風中排行老五，是王澔的親舅舅。王澔會學習風帆，實得力於五哥，但名利當頭時，較為自卑的五哥卻與王澔有一段精彩的情感糾葛。

六哥

阿昌，性格瀟灑，喜歡自由，無拘無束。

目錄
CONTENTS

1 帆渡黑水溝

終於，終於等到了這一天。

一年多來的焦急、苦悶、爭吵……都將在這一天得到解答。

能成功嗎？王澔不知道，甚至連現場的任何一個人都不敢打包票。

長官正在岸邊進行簡單的開幕致詞，等會兒在交接會旗後即將出征，王澔抬眼看看頂上的陽光，此刻，整個人頭昏腦脹的，這都得怪自己昨晚的睡眠太糟糕，既擔心睡過頭，又想讓自己好好的儲備體力，以致不能安穩。真是要命！

陽光已經漸漸刺眼，今天的天氣未免也好得太過頭。日子還沒接近的時候，他時常禱告，祈禱這一天的天氣千萬別太糟，但像現在這樣烈日當空，風平浪靜的，也不是很理想，要是沒有風，風帆怎麼駕駛得動？

長官到底在說些什麼，王湝聽得不很真切，他稍息著，不安地晃動自己的身體、扭動自己的腳尖。他望向藍藍的海面，等會兒開幕式一結束，第一梯次就將出發，會長、二哥、五哥打頭陣，率先出航，他則先待在護航的船隻上，準備第二梯次上場。王湝沒想到，自己真的等到了這一刻，想當初，他們還在猶疑，到底該不該讓一個十四歲的孩子上場，現在，他得到了眾人的肯定，滋味真是格外

甜美，總算一年多來的努力沒有白費。

可是，此時此刻，他仍不斷地問自己，任務能成功嗎？自己會不會成為害群之馬呢？俯視著胸前垂掛的平安符同十字架，那可是親人、師長及許多好朋友的祈求和祝福啊。

是，「八級風」，這個有如親人一般的團體，在他的成長歲月裡註定烙下不可抹滅的記憶。王澔深深覺得自己多麼有幸，能夠成為「八級風」的一份子。儘管……，儘管有些風風雨雨，但眼前，他們就要攜手開創一項歷史。

胡思亂想中，開幕典禮已結束，會長大哥正從縣長的手裡接過會旗，他朝空中一揮，吆喝了一聲響亮的「加油！」

陽光映照在會長大哥發白的鬢角上，讓王澔不禁驚嘆：會長也不過四十多歲，卻在一年多來的勞心勞力下，蒼老了許多。

「走！王澔。」身旁的六哥阿昌摟著王澔的肩，拉攏著他過去拍團體照。是啊，就要出發了，在出發前，他們「八級風」當然要留下一張彌足珍貴的照片，因為，

他們要做的可不是件輕鬆的事，而是挑戰金氏世界紀錄。

金氏世界紀錄見證著世界之最：世界上最高的、最大的、最多的，甚至是最怪異的、最奇特的，包羅萬象，無奇不有。比如說吧，目前世界上生最多孩子的是前蘇俄人維西・耶夫，她在一七二五～一七六五年之間，總共生了六十六個孩子。平均一年生一點六五個，究竟她是怎麼辦到的？原來其中有四對四胞胎、七對三胞胎以及十六對雙胞胎，厲害吧?!這簡直比母雞下蛋還厲害！

再說挪威人韓斯蘭塞斯，他擁有目前世界上最長的鬍子紀錄，數字是五公尺三十三公分，將近是三個一百七十八公分高的男人連接起來。太酷了！要是某一天這位長鬍子先生忘記帶牙線，鬍子也可以就近兼個差。

王澔他們要挑戰的世界紀錄是駕著風帆渡過台灣海峽，這件事情尚未有人成功過。台灣海峽的某一處流域詭譎多變，從古至今，奪去了不

17
11
5
003
VI-11
Adecco
Touch
VI

少人的性命，也因此被稱為令人聞風喪膽的黑水溝。

縣長與他們八人一起合影，大哥陳四海會長、二哥怒號天，三哥學勝老師、四哥石頭怪、五哥吉叔，六哥阿昌，老八海薇，個個都是頂尖的好手。王澔告訴自己，自己的年紀雖然最小，但也千萬不能丟臉。

裝備早已上身，一切也已準備就緒。

頭號超級粉絲小米又來為他吶喊：「王澔你這個笨蛋，加油啊！」

王澔對她笑了笑，這一回，他沒有生氣，反而用拳頭捶捶自己的心臟再指向小米。他想藉此動作讓小米明白，他們之間存在著某一種默契。

「加油，一定行！」王澔的爸爸拍拍他的肩頭，媽媽則雙手交握著。王澔看著他們深切信任的眼神，心裡又多了一份篤定。

轉頭望向岸邊，「小心點！」學勝三哥正牽著海薇的手，關照著。

王澔心想：對啊，這才像話！

他笑著踏上護航船隻的甲板，也一併踏上了這一年多來的回憶。

2 海薇

海面上，一艘風帆正向王澔駛來，他看清了駕帆的人，是海薇。

「嗨！海薇。」

海薇的到來，讓一向陽盛陰衰的風帆運動柔和多了，而且最大的得利者當然要算是王澔，因為那些教練為了更有君子風度，脾氣都好很多，這真是一件令人愉快的事。

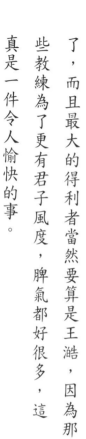

說到海薇，王澔當然不會忘記，第一次見到她的情景。

「各位兄弟，向你們介紹一位新夥伴。」

觀音亭的西堤邊，一群人正聚在一塊兒。風帆協會的四海會長笑嘻嘻的起了個頭，笑得有些尷尬及靦腆。

「這位是我好朋友的孩子，從南投過來。因為有意參加十二月初我們這兒辦的亞洲盃風浪板競速賽，所以將利用這段時間，來適應場地。各位好兄弟幫幫忙，有時間多多照顧她。」

聽到會長這樣一板一眼的介紹，王澔幾人忍不住偷笑了。他們這個團體從來不時興「自我介紹」這一套。一直以來，裝備弄齊了下海，遇到有地方不明白，「有嘴巴不會問？」這是會長最常說的口頭禪。

這裡的同好會互相請教觀念與技術，碰頭的次數多了，還怕沒時間認識彼此？用那種正經八百的客套方式寒暄，多麼令人彆扭！肯定是這一回的狀況特殊，會長受了好友所託，才會如此慎重其事。

他和善的說：「好兄弟，找個時間，我們大家一起吃頓飯，或者帶海薇四處去走一走，盡盡地主之誼。阿昌，帶活動你最在行，這件事就交給你。」

「沒問題！」阿昌走向前來，他的樣子很容易認，一副黑墨鏡，加上一頭烏黑的長髮在後頸項間攏聚成一束馬尾，給人很瀟灑的感覺。他的胸膛很厚實，顯得穿在身上的T恤很緊，兩條臂膀結實而粗獷，一看，就知道是練過的。

「來，輕鬆一點，大家別這麼拘謹，互相認識而已嘛！大哥，你隨便講個疊詞，像『高高興興』什麼的。」

大哥說：「那麼我就『高高興興』吧！」

阿昌笑著搖頭，說：「真是有夠沒創意！」接著問向一個眉宇之間自信又傲然的男子。

「尋尋覓覓！」

「好答案，二哥。」阿昌意味深長地點點頭。

「再來！」在阿昌的引導下，陸陸續續，答案都出籠了。還沒輪到王澔的時候，他的確絞盡腦汁，答案既不能重複又得有創意，那得好好想一想。碰巧這時，附近的香腸攤傳來一陣香味兒，王澔靈光一現——這答案鐵定沒人跟我一樣，於是大聲說了「香噴噴」三個字，讓阿昌噗嗤一聲笑出來。

「好，現在請你們把剛剛的疊詞重複一遍，後面再加上自己的名字。」說這句話的時候，阿昌還賊賊的看著王澔。

「高高興興的陳四海。」會長笑開了懷，此刻，他的確挺開心的。

「尋尋覓覓的怒號天。」低沉的嗓音外，他的眉宇間仍然若有所思。

「斯斯文文的林學勝。」這是學勝老三。

「安安分分的石頭怪。」這是最喜歡收集石頭的老四，他老說自己的名字沒什麼特別，而石頭千奇百怪，充滿了生命。還是叫他石頭怪就可以。

「哎！」老五摸摸自己的頭，「我是老老實實的王清吉。」一臉憨厚的老五，以捕魚為生。

輪到阿昌了，「瀟瀟灑灑的紀永昌，」說完，他轉向王澔，「至於這位，來，大聲的自我介紹一下。」

不說不行嗎？唉！王澔這下可糗了。

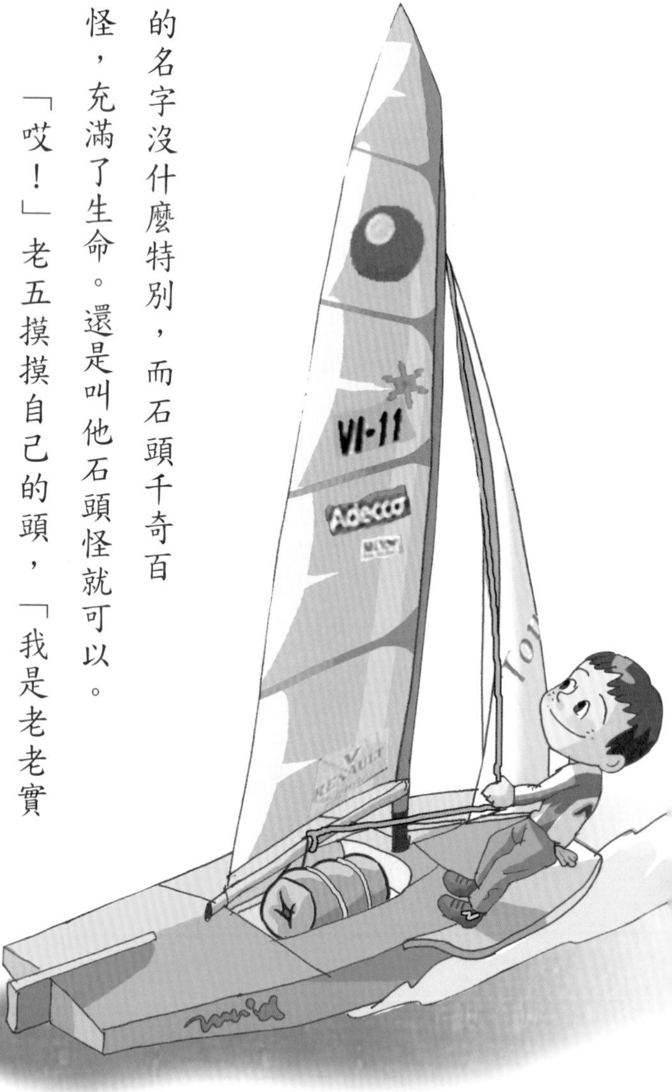

「快說喔，不然要罰體能訓練。」阿昌調侃他。

「好啦好啦！香噴噴的王澔啦！」最後幾個字，王澔的音量小得不能再小。

「什麼？我聽不到！」會長故意逗他。

王澔索性挺起胸膛，大聲報名：「香噴噴的王澔！」把大家都逗笑了。

這裡的每一個人，海薇都看在心裡，在阿昌有技巧的帶動下，初次見面的那份彆扭不見了，氣氛一下子熱絡了不少。

「換我了，我是健健康康的海薇。」

一看，就知道海薇是個運動型的女孩。她的身材高挑，面容清瘦。在這生活空間寬廣的地方，喜歡戶外運動的女孩相當多，海泳、打球、騎自行車……，陽光下在在展現女孩的朝氣與活潑。可是，會玩風浪板的女孩畢竟還是很少。這項刺激的水上運動，不但需要膽識、靈敏的身手，更需要高度的判斷力及豐沛的體能。一直以來，風帆協會都是陽盛陰衰，如今眼前站了一個可能是競爭對手的女子，的確是有些奇怪。

海薇穿件白色Ｔ恤，下半身著一件藏青泛白的ＡＢ牛仔褲，在剪裁合宜下，更顯得雙腿修長，搭配一雙水藍色運動鞋，使得整體打扮非常素淨。她的外型絕對稱不上美豔，卻有一份鄰家女孩的親和與純真，給人的感覺不但

健康，更顯得亮麗陽光。

她彎身鞠了個躬，馬尾上繫著的粉藍斜紋緞帶乘風飛揚了起來。耀眼的髮帶飄啊飄，偶爾不乖順的拂上她的頰邊。她輕輕用食指撥開，海風習習，吹散她覆在前額上挑染成金黃色的瀏海，卻吹不散她臉上始終掛著的笑意及羞赧。看得出來她的神態不夠自然，有一些初至陌生環境的扭捏。不過，她仍鼓起勇氣，朗聲說道：

「希望大家能多多指教，也希望有機會，我們可以下海較量較量。」較量較量四個字的音量明顯小得多，她也有些不好意思地垂下頭，不過，在場的每一個人仍聽得清楚分明。

同樣的想法浮現在他們的腦海：這是一個怎樣的女孩？初來乍到，就敢主動下戰帖。

有意思！王澔對這位長他幾歲的姊姊開始另眼相看。

「擇期不如撞期，我們明天就比賽，如何？」阿昌說。

「好哇！」

王澔和眾人的附議馬上引來會長的不滿。他故做生氣的嚷嚷：「你們幾個是怎麼樣？聽不懂人話啊？剛剛才拜託你們要好好照顧人家，你們馬上就忘了。海薇才剛到，場地都不熟悉，你們就想欺負人。」

海薇有些不好意思，意見是她提的，卻害得別人挨罵。

她轉過頭，對會長說：「叔叔，是我說要比賽的，你不要怪他們。」

會長仍然面不改色，他說：「這樣吧，這段時間大家先自行練習，趕緊找回狀態。半個月後，我們來辦個小型的友誼賽，就當作熱身。」

「輸的人呢？」

「照規矩，一頓大餐。」

ＹＡ！不管是輸是贏，王澔都有大餐可以吃，他還不掌聲鼓勵這個絕佳的提議。

3 風中情緣

大海，蘊藏著太多豐富的寶藏。就連地球上最初的生命也是源自於大海，從微生物、海底動物至兩棲類、爬蟲類、鳥類、哺乳類，這一路的進化經過了數億年的時光錘鍊。

如此說來，我們每一位都是大海的子民，身上留著源自故鄉相同的血液。

王澔上輩子大概真是魚變的，他在海裡的時間幾乎要和陸地一樣多。從小他就時常和舅舅到海裡游泳，有時乘船去海釣、有時到珊瑚礁

岸邊去潛水。看他一身黝黑的皮膚就知道其來有自。這輩子，大概是與海分不開了。

海薇的到來，讓原先的七人小組更加熱絡了起來。向晚的觀音亭畔，時常見到好幾艘色彩豔麗的風帆穿梭往返。時值六月，風，輕輕柔柔，他們只是做一些短距的航行，沒有風的作用，無法進行一些競速及多變化的動作。不過，真正迷戀上一樣東西，就放不下，就好像一天沒有去做既定的事，就會渾身不自在一樣。

在一次練習後，海薇向王澔走來，她對王澔笑了笑，她笑起來，唇邊有個深深的梨窩，好像一朵燦爛的小花。

「不好意思，那天害你被會長凶。」

「沒什麼啦！你一定和會長不夠熟，才不瞭解會長的個性。我們都知道他這個人外表嚴肅，喜歡故作威嚴，其實啊，心腸像豆腐一樣。」

「呵，真的嗎？」

「真的啊，他就是心腸太軟，又太有責任感，才會被陷害當會長。我五哥常說，會長這個職位可不是人幹的。」

「這麼忙。」

「是呀，最近幾年都得承辦大型比賽，他不但東奔西跑，規劃張羅，還得操心協會大大小小的事務，簡直把協會當作家一樣。幸好他身

邊有一些死忠的會員，還有我們『七級風』鼎力相助，才不至於體力不支。」

「『七級風』？好特別的名字。」

一提到「七級風」，王澔就得意。他一直以身為這個團體的一份子為榮，倒不是這個團體在江湖上闖蕩有什麼響噹噹的名氣，而是他們始終像兄弟一樣，讓他一直有家一般的溫馨。

平時，王澔遇到不熟識的人往往不願多說話，可是見到海薇，他竟有一見如故，非常投緣的感覺。特別是她的笑、她的酒窩，令他備覺親切。好像與海薇早就相識，只是記不起來何年何月。

「在協會中，我們七個人最聊得來。老大是會長，他很照顧我們。二哥怒號天，喜歡潛水，駕帆技術一級棒，可惜，他不喜歡參加比賽。學勝三哥，他很有自己的主張，目前在國中當體育老師，一旦決定的事，別人很難改變他的意見。四哥喜歡收藏石頭，他的工作室裡有好多好多石頭，還有寶貝喔。哪天帶妳去參觀！再說五哥，他和我最好了，其實他是我的親舅舅，是個海釣高手，如果妳有興趣，可以請他開船帶我們去釣魚，保證令妳難忘。老六阿昌妳知道，他很幽默，很健談，興趣也很廣，喜歡攝影，喜歡彈吉他，喜歡自由自在；至於老七就是我啦，我的年紀最小，雖然只有十三歲，不過我也和他們一樣，很喜歡風帆喔……」

王澔像點兵一樣，一一為海薇做了初步的介紹。雖然有些她已經知道了，但她仍靜靜地聽，帶著一抹淡淡的笑，好似鼓勵著王澔，令他忘情地不斷說下去。

他們兩人邊走邊聊，一直沿著西堤漫步。對王澔而言，海薇確實是個不可多得的好聽眾。

向晚的天色從耀眼的金黃，漸漸褪去刺目的光。金烏不再渾身插滿金色的箭，終於願意在堅守一天崗位後，卸下武裝。或許，在每一位強者堅硬的外表下，都會有一顆柔軟的心吧，在某一個時刻，對待某一個他在乎的人。只是，沒有太多幸運者得以見到金烏展現他柔和的這一刻。

因為海薇，讓王澔多了一位可以談心的朋友，可是王澔樂的事還不止於此，他想，既然有新成員，以後一些跑腿的事、收用具的活就可以

和海薇一起做了。想到這兒，王澔真想唱首歌。

可是，他終於體會什麼叫做「人算不如天算」。

在集合的時候，會長下了命令：「王澔，幫忙搬東西！」

「什麼？還是我？」王澔不可置信的睜大了眼，他站在原地，回報會長一個最天真無邪的笑容，接著用食指點點海薇，彷彿在說：「您沒看見嗎？這裡有一個新人哪！」

聰明的會長當然很快就意會，他笑著對王澔招招手，「你過來」。

王澔不疑有他，他慢慢走近會長的身旁，會長冷不妨的大喝一聲：「還不快去！」命令下得又重又急，震得王澔耳

膜一陣刺痛。

「好啦！好啦！」王澔一邊走一邊還叨念著：「太陰險了，怎麼可以這樣對付一個天真無邪的小男孩呢？」

五哥過來拍拍王澔的肩膀，「小笨蛋，人家海薇是會長好友的寶貝女兒，怎麼可能叫她搬呢？你啊，也不動動腦筋。」

王澔嘟起了嘴，要怪只得怪自己不識相。

「大目仔，這個拿去！」三哥一臉若無其事地丟來裝備。

「我是海薇。」海薇確定三哥是在對她說話後，佯裝生氣地插腰抗議。

「我就是這樣，大目仔比較貼切，妳看妳的眼睛那麼大，哇！簡直快比嘴巴大，決定了，以後我就這麼叫妳。」

「你都不問別人同不同意的嗎？」海薇偏著頭，有點兒訝異。

「嘴巴長在我臉上，我愛叫什麼叫什麼。而且，以後你就會明白，我這個人就是這麼獨裁。」

「那可真慘，我的個性也很倔！」海薇微揚起頭，很肯定的說。可是一抹笑所牽掣出的梨窩又會讓人以為她在開玩笑。

王澔常會望著海薇頰上的梨窩發呆，他總是很慶幸海薇的梨窩只有一邊頰上有，而不是兩邊都有，要是兩邊都有一個，就顯得可愛而不是甜美了。

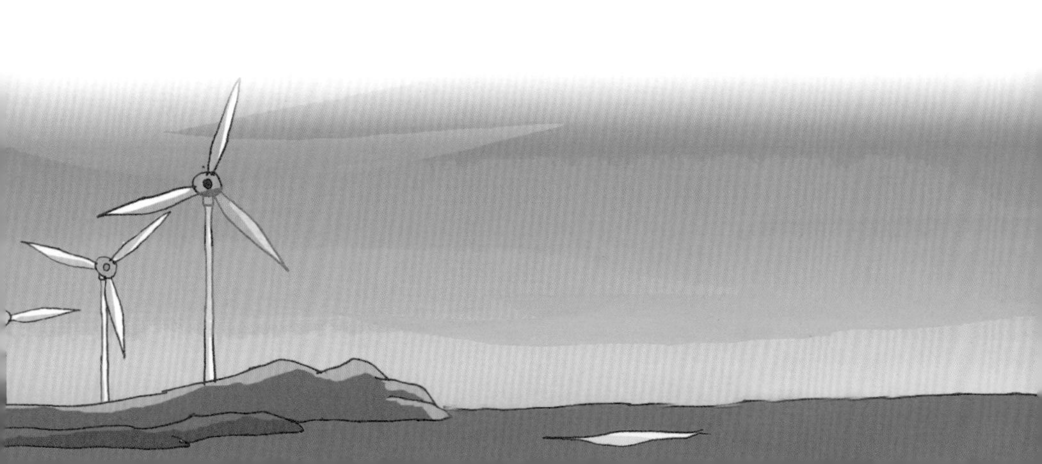

三哥問海薇：「現在在做什麼？」

「剛從大學畢業，還沒去找工作，想先休息一會兒。」

「為什麼要學風帆？」

「完全是興趣。當初我爸爸原本要栽培我哥，我只是在旁邊玩玩，沒想到後來我的表現要比哥哥要出色。從此以後，哥哥只肯把玩風浪板當休閒，爸爸就全力指導我。」

「很多事情是這樣，無心插柳柳成蔭。」

會長走了過來，催促他們：「下水練習吧。」

海面上，二哥怒號天駕著的風帆早已經不知去向。

4 挑戰

這一天，協會為了海薇，做了一趟旅遊，其中最令海薇難忘的，除了柱狀雄偉的玄武岩外，就是西嶼的落霞了。

在西嶼欣賞落霞，沒有一絲阻擋。海薇忍不住讚嘆：「太陽下山了，這夕陽，這晚霞，好美！」

王澔忍不住笑了出來：「是落海吧？這裡哪有山呢？澎湖本島最高的山，不過只有五十三公尺。」

是啊，海薇也不禁啞然失笑了，對這裡的人來說，太陽怎會是下山

呢？這一般人的說法，其實是以城市為中心的，一點也不符合這裡觀看的角度。

眼前，太陽一寸一寸地直接墜入海中，如同我們將臉上的肌膚漸次浸入冰涼清澈的水裡。

海薇說：「王澔，你說太陽會找大海說說今天他在天上所看見的新鮮事嗎？我想一定會的。也許，他們在白天已經說過了，卻因為距離太過遙遠，而說得不夠詳細、聽得不夠真切！現在，在這日落的這一刻之後，他們有機會說得更清楚一點、聽得更甜蜜一些。」

聽到這裡，王澔可以肯定，海薇一定是一個充滿幻想又情感豐富的女孩。他也常常看到夕陽，卻從來也沒想過什麼太陽和大海是情侶，要跟大海說話之類的幻想，那不過就是個大自然現象！

波光粼粼，太陽緩緩西沉，海面上流動著閃亮亮的橘黃波光。天邊由金黃、橙紅至奼紫，五彩的晚霞如此醉人。漫天的布幕染上了萬紫千紅，拖曳得那樣遙遠。他們享受著日落餘暉、彩霞滿天的怡人，彷彿欣賞一首最動人的詩篇。

遠處的校園裡，海薇看見運動的人正盡情揮灑他們的汗水與青春。籃球場上的拚鬥非常激烈，運球、轉身、爭搶籃板，每一塊區域自有不同的團體為這項迷人的爭鬥做相同的飛躍。就像他們時常在觀音亭畔看見的，網球場上，球與拍之間的撞擊碰撞出了最清脆悅耳的響聲，「波，波，波」，一聲聲，規律的，迴盪在耳畔，那讓人聯想起靈動的泡泡，漂浮在半空中數秒後，一顆顆「波，波」地消失無蹤。散步的人們，盪鞦韆的孩童，溜直排輪的學子、談心事的少女，在夏日的觀音亭畔點綴得熱鬧非凡。

這一刻，夕陽西下，海薇忘記了煩憂。

「好美！」她感到震撼了。

在經過幾天的練習後，一場友誼賽已經準備就緒，即將展開。

由於七月的風力很小，為了這次的競賽，海薇還借好了上下皆軟的桅桿，沒想到，氣象預報有颱風即將登陸，這讓海上的風勢強勁了起來，隱隱約約已能嗅到狂風暴雨欲來的詭譎。他們臨時決定來一場競速賽，比賽規則很簡單，只要誰先繞過標竿，回到啟航區就算勝利。

會長說：「海薇，今天的風至少有五級，你那桅桿不合適，拿我這個去。」

「喂！老大，你到底支持哪一邊啊？」老六阿昌有一些小小的抗議。

「我？我哪一邊都不幫，反正不管誰贏誰輸，我都有大餐吃。哈哈！」他豪爽地笑了幾聲，接著說：「比賽要靠的是技術和頭腦，不要只想憑好的裝備勝過人。接下來，你們就各憑本事吧。」

他將雙手交叉在胸前，一副準備隔岸觀火的模樣。

這一戰，會長當然是座上賓，二哥對友誼賽沒興趣，自然也是旁觀者。抽籤結果早決定：學勝三哥、石頭怪和海薇一組；王澔、五哥及六哥阿昌一隊。

一開始，學勝和五哥旗鼓相當，都有很出色的啟航，一陣順風吹來，學勝稍往側面，這讓他在繞過標的物時，有了超越。不過五哥緊追其後，兩者的差距並不遠。到了第二棒，阿昌一開始就占了先機，這讓王澔這組取得領先的優勢。王澔出發沒多久，馬上感覺到海薇的迫近，

VI-11
Adecco
Touch Your Heart

她的順風技巧運用得相當好，速度也相當快。被人在後頭追趕，王澔有些緊張，每一個跑過接力賽的人都知道，誰也不想讓領先的局面從自己的手中斷送掉。

過多的緊張讓王澔失去了專注力，看得出來海薇接受過相當長期的訓練，到底學了幾年呢？

這也難怪，她敢找大家挑戰。

雜亂的念頭像泡泡一樣一個個浮現在王澔的腦海，他趕緊將雜念拋去，加強了搖帆的力道，在折返前仍然保持一貫的領先，可是這時領先的差距已經非常小。繞過標，迎面襲來一個浪，海薇輕盈地騎上浪頭，順勢而下，便把王澔拋卻在後，直達終點。

「嘿！我們贏了。」學勝、石頭怪和海薇高興的相互擊掌。

學勝說：「海薇，妳真不賴，難怪敢找我們挑戰。」

海薇笑得很燦爛。「沒有啦，還好會長借我適當的桅桿。」

會長說：「你們不知道嗎？她的老爸是國家級的辛教練。」

一聽到辛教練，怒號天訝異地回看一眼。

「是嗎？」阿昌驚呼，五哥也瞠目結舌。

四海會長看到大家的反應，有些納悶。他說：「我真的沒提過嗎？」

「沒有！你根本就是替她隱藏實力，要我們輕敵。」阿昌開玩笑的說。

「噢，難怪，原來是有資源又有好教練。」三哥終於了然於心。

「那是其次，重點是她有強烈的企圖心和興趣。」二哥下註解的說。

「好了，願賭服輸。」

由於王澔輸得可惜，又是敗給一個厲害的勁敵，其他人自然不會責備他。「七級風」決定一起出錢，到餐廳去大吃一頓。

5 七級風

餐會上，他們聊了許多。談這裡的風、這裡的沙、這裡的民情以及這裡的人。海薇喜歡這群人，從小，她和父親在一起，看到有些選手為了獲取較佳的成績，不太願意和別人切磋。他們的關係較多的時候是對手而不是朋友。可是眼前的這些人卻把名利看得淡薄，也許他們都不是專業選手的緣故。

海薇問：「為什麼你們叫做『七級風』？」

「老五，這個當然要由你來說。」會長指示著。

五哥是個捕魚的，捕魚的人都知道，風浪太大，船隻根本無法在海上作業。偏偏玩風浪板，風，是一個極重要的因素。它決定著方向、時間以及操帆的角度……。

當天晚上，海薇加入了自己對風的情感，在日記上靜靜地寫著：

在零級風的時候，海面上波平如鏡，你可以說大海正陷入一場濃濃的酣睡。

一級風時，海面上會出現小小的波紋，就像有誰說了一個有意思的笑話，讓大海露出淺淺的笑顏。

二級風，微風輕輕吹拂，海上跳動的是一波波柔緩輕盈的舞步。

三級風到四級風，岸上的旗面飄飄，葉子也會紛紛掉落，海水會湧動自己的雙手，去承接岸上那些逝去的生命臨走前最後的訴說。

五級風，大浪拍打岩岸，激起浪花朵朵。

六級風，強風已經吹襲，讓人懷疑，是否風又將與太陽進行一次將行人褪去衣裝的遊戲。

七級風，暴風已經來臨，輕快的旋律加進了低音貝斯與大鼓低沉的嗓音，沉重而震撼人心。

是的，七級風，她彷彿已經感受到了那股暴風的威力，她好喜歡這裡，特別有一股說不出的親切，還有……三哥看她的眼神，是有一些令她不敢直視的昏眩。

她接著寫道：

我當然能了解風力的變化所產生的影響，我甚至明白，一旦風力到了八級風，行人幾乎無法順利行走，海上的船隻也將顛簸而劇烈的搖晃；九級風，狂風暴雨，屋瓦可能被吹落；十級風，力大無窮的風能將樹連根拔起，甚至將不牢固的房屋徹底摧毀；歇斯底里的程度來到十一級風，暴風雨已經非常凶猛；到了十二級風的臨界，已經算是颱風。

但我不曉得的是風帆協會從無到有，竟也如這樣的歷程。從默默無聞，一直到得以舉辦大型的比賽。

餐會中，會長娓娓道出草創時期，他們如何隨比賽南征北討，屢創佳績後，也愈來愈受到矚目。後來人們發現，最佳的揚帆地點近在咫尺，何須遠求，這裡的海域遼闊，當時序進入秋冬，颳起的東北季風，竟成了舉辦風帆比賽的適當場所，在海上飆速，既刺激又爽快。

「歡迎妳來。」

5 七級風

二哥約大夥兒舉杯向海薇致意。

「王澔，輸了比賽甘心嗎？」

王澔搔搔頭，「不甘心啦！以後要再贏回來。」

石頭怪說：「對，下次要換海薇請。」

「那得看你們能不能贏過我囉！」

這裡的人好有人情味，海薇打從心裡喜歡這裡，喜歡這些人。只是，當她的眼神和學勝三哥接觸的時候，卻下意識地躲開了。

這一天，會長回到風帆協會，帶回了一個不知該喜還是該憂的消息。二哥有意單人橫渡台灣海峽的想法被縣長知道了，他不但大力支持，更希望能將活動擴大。如果這項活動能夠成功，不但能締造金氏世界紀錄，經過媒體一披露，也肯定能夠帶動地方觀光。除了推展風帆運動，藉機宣傳十二月初舉辦的亞洲盃賽，更有機會打造此地成為風帆的故鄉。

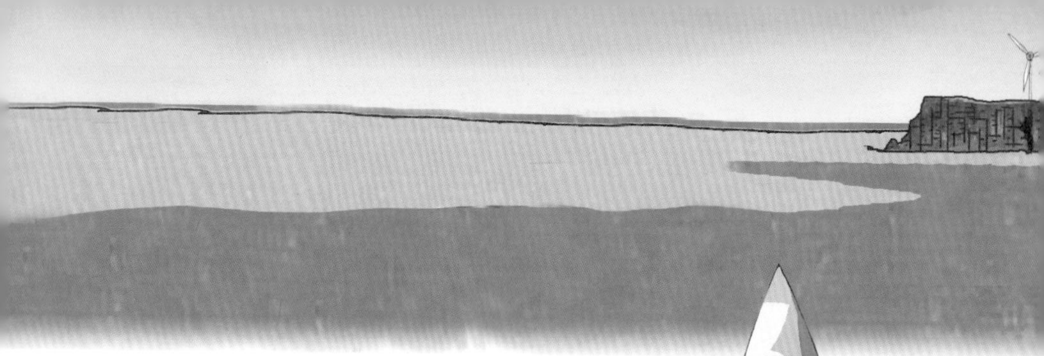

可是，台灣海峽的水域詭譎多變，黑水溝令人聞風喪膽。想要以風浪板橫渡至嘉義是項創舉。過去，沒有經驗可以傳承，再加上海象瞬息萬變，許多不確定的因素令人難以充分掌控，既有危險，又怎能貿然答應？

由於這項活動希望能帶來正面效益，上級自然希望

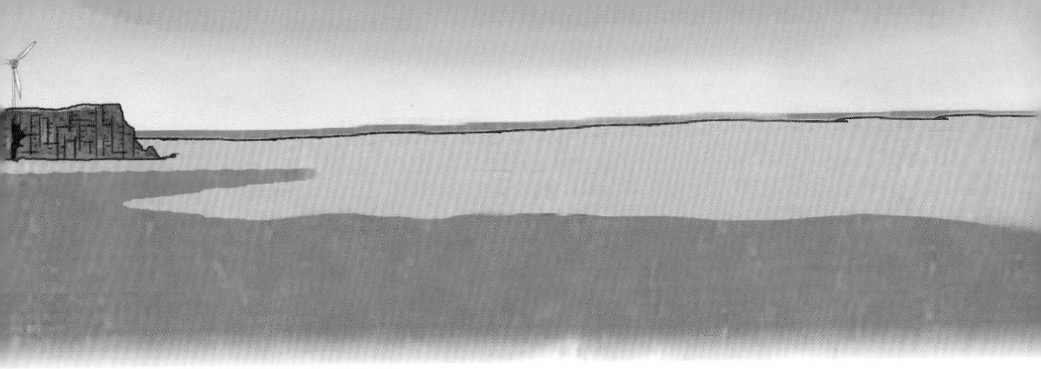

不要單靠一個人薄弱的力量，而是集眾人之力來獲致成功。

會長向怒號天表達了上級的想法及他心中的擔憂。

「老二，你的意思怎麼樣？」

「我不喜歡單純的事變得那麼複雜。」

「可是，上級已經交辦下來，我有我的難處。」

「你不想要就拒絕啊，到底是做自己重要，還是替別人活重要？」

「你不能自私地只想到自己，我有我的責任和使命。」

怒號天不答話。

「況且，橫渡台灣海峽不也是你的心願嗎？讓我們大家一起來完成不好嗎？我們情同兄弟啊！」

「可是，這牽扯太多人，更重要的是，會有生命危險，我自己一個人怎麼樣不要緊，我一人飽全家飽，但是，如果其他的人發生意外，你叫我怎麼交代？」

「我會盡我的力量尋求支援，並做好萬全的準備。希望你能答應，有時候，我們得為大局設想。」

「沒辦法，因為自私的我連自己都照顧不來。」怒號天冷冷的說，他特別將自私兩個字加重了音，接著轉身離開。

會長知道怒號天動氣了，也許是他措辭不夠妥當，自私兩個字刺傷了他的心。

這一次，一路相挺的會長和二哥，失去了共識。

怒號天不再主動和會長說話，但玩風浪板是他的最愛，他總是靜靜的來，靜靜的離開。

6 愛的火花

為了推動地方觀光，六月下旬，觀光局辦了一系列的花火表演，地點就選在觀音亭畔。每晚一到八點，天空砰的一聲巨響，揭開了當日花火表演的序曲。

西邊的夜空燦爛奪目，紅、黃、金、藍、紫、靛、橙……，人們期待著煙火爆開後的圖案，點點璀璨的光亮幾乎讓皎潔的星子黯淡無光。

一球球花火、簾幕般垂落的金絲、蝴蝶結、雙愛心……，新奇、美麗而令人眼花撩亂。有時，花火彈直衝上天，位置正位於月兒邊，人們仰望著，幾乎要驚叫出聲，「萬一……，煙火將月亮給炸出一個洞，那可怎麼辦？」所幸，每一次的火花瞬逝，月亮仍彎彎地高掛星空，皎潔明亮，一如往昔。

「哇！」聲聲讚嘆伴隨煙火的綻放而團聚湧現，如果現出的是不曾露過面的巧思，更引得眾人歡欣鼓舞、滿心歡悅。

大家口耳流傳著，最後一場閉幕式，主辦單位將不停歇地施放三十分鐘煙火。觀音亭畔，從來也不曾湧現那樣的人潮，人與人摩肩擦踵，岸邊的階梯上早早坐滿了等候的人潮，有些兩兩相依，有些全家相攜，更有人早在煙火未開始的二十分鐘前，就已經架好了錄相機，準備拍下今夏最美麗的夜景。

岸邊，露天咖啡吧所煮的咖啡香迎著風兒四處瀰漫，備妥的露天座椅早已被坐滿。人們早早點好一杯咖啡，小啜一口濃郁的香氣、享受著海風輕拂的涼意，等待著時光仙子在八點鐘的翩然蒞臨。那風中，仍有一股大海鹹濕的氣味。一旁群立的風信雞轉呀轉，這些比賽優勝的作品，是許多參賽者的巧思與愛戀。向著海，風信雞展現他們的萬種風情，他們像芭蕾舞者，不停地旋轉啊旋轉，累嗎？怎會！有那樣多的觀眾在欣賞著，根本不覺孤單，這美麗的觀音亭畔是他們表演的舞台。

在海堤上施放煙火，最美的不是璀璨的夜空，而是那交映於海中的倒影，斑斕的色彩隨著水波晃蕩，漾出飽滿的柔情與蜜意。一款煙火綻開後，如鑲嵌珠飾垂簾的金線不斷從天空悄聲墜落，或緩或急，人們目送著他們漸次落入凡間，竟不自覺也陶醉。

海裡的魚兒會過來咬住金線的一頭，如飲一口醉人的醇酒嗎？

一聲接著一聲，一幕接著一幕，彷彿即將散場的樂團，在最後時刻使出渾身解數。

半小時的驚呼，半小時的專注，團聚成半小時的滿足。花火節就在凌空綻放一個桃紅色的雙形愛心中，宣告結束。

起身散去，每個人的耳邊仍迴盪著方才驚天的震撼、每個人的心中也仍持續流動著方才未歇的激情。

細心的人自然也發現到，西堤邊，有幾艘風浪板，正在海上悠悠閒閒的晃蕩。他們以一種更特別的方式，更短暫的距離觀賞璀璨的夜景。

駕著風浪板，在海上欣賞煙火，對王澔來說還是頭一回。回到風帆協會，他仍止不住內心的激動，他興奮地找五哥說呀說，只是，繁華散去，內心的落寞更是明顯。

他首先發現——海薇不見了。

連學勝也沒有回來。

方才大家太過於專注，竟然沒有注意這兩個人的身影。

「沒想到，除了二哥會失蹤，連老三和海薇也會搞失蹤。」

「我們要不要趕緊去找他們？」阿昌焦急的問。

會長遲疑了一會兒，「好吧，分頭找一下。」

趁著衣服還沒換下，船板等裝備也未完全收妥，他們一群人又下海尋找。

「學勝？」

「海薇？」

一聲聲呼喚劃過天際，迴盪在繁華散去後如漆的黑夜。

「沒有。怎麼辦？」

「要繼續找嗎？」

「大家累了，回去吧！」會長又板起了嚴肅的臉，他不發一語，默默離開。

王澔還是擔心的問五哥：「真的沒關係嗎？我們真的不再找一找嗎？」

「依我看，發生意外的機率非常小，明天再視情況做決定吧。」

王澔看著大家疲累的身影，方才看煙火的興奮心情已經不復存在。

另一邊，在一處平坦的玄武岩上，海薇和學勝正並肩坐在上頭。因為大退潮的關係，許多淺處的岩石裸露了出來。由於防波堤的遮蔽、加上夜幕低垂，這地方並不容易被發現。

他們並非沒有聽見大家的呼喊。呼喚一聲聲急促而焦慮，海薇幾度想回答，卻又隱忍了下來。

「明天，我再去賠罪吧。」學勝說。

「嗯。」海薇輕諾了一聲，雖然心中存有一絲絲罪惡感，但一股更強大的吸引力將她留在了原地。她問自己，真的喜歡上三哥了嗎？夜裡

WIND

的氣氛那樣美好，靜謐得令人沉醉。方才的煙火，更在他們的心湖裡加進了微妙的酵素。

時間一分一秒過去，他們從分享心情、聊聊學習風帆的過程乃至回憶兒時的記趣，竟不覺時間的逝去。

「過兩天，我就要回去了。」

「如果，我想妳怎麼辦？」

「那就一直把我放在心裡，」海薇直視三哥的雙眼，說：「永遠也不要忘記。」

7 八級風

兩人相偕失蹤的事，學勝不必想也知道，會長會有多生氣。隔天，晨光泛起，觀音亭開始進來第一批晨泳的人們，海薇和三哥便攜手回到風帆協會去。一踏進辦公室，就見到會長坐在辦公桌前，他不但整夜未歸，甚至不曾闔眼。

此刻，火燒的雙眼正瞪視著學勝和海薇。

「大哥，對不起。」

「是三歲孩子嗎？不知道別人會擔心嗎？」

面對會長破口大罵式的連番質問，兩人無言以對。他們確實是不對，沒有理由求得別人的諒解。

「海薇，妳要知道，妳爸爸把妳交給我，我有責任負起妳的安全。」

「對不起。」

「你們兩個都成年了，男未婚、女未嫁，喜歡就喜歡，偷偷摸摸做什麼呢？」

會長的態度愈來愈軟化，人沒事就好，他等的不就是他們出現在眼前？

「算了，早點回去休息吧。」會長揮揮手，要他們離開。

「大哥，你也早點回去，你看起來很累。」

兩人臨出門，會長又交代了一句：「別忘了晚上來開會，很重要的事。」

因為三哥和海薇的神祕失蹤，戀情自然也像煙火一樣爆發了開來。會長沒有任何心情去祝賀他們，他最近為了帆渡黑水溝一事，頭幾乎要裂開，與怒號天的意見不一也仍在沒有交集的階段。

開會當晚，會長除了將與怒號天爭執一事隱瞞之外，將長官的期望與心中的盤算都一五一十說了出來，「你們的意見怎麼樣？我很想聽聽看，全都說出來。」

意見是南北分歧的，性喜無拘無束的射手座阿昌本來就喜歡冒險挑戰，他不覺得這樣做有何不可。

「不去嘗試怎麼知道不能成功？」他的樣子雖然有些吊兒郎當，語氣卻是不容懷疑。

忠厚的五哥卻顯得有些猶豫，一家六口都得靠他跑船過活啊，萬一這次的行動有什麼閃失，萬一得利用許多時間練習，那麼，家人的生活該怎麼維持下去？

王澔的心裡躍躍欲試，就擔心他們嫌他年紀小，不夠格。

學勝沒有太多意見，石頭怪則顯得興趣缺缺，不過他也申明，一旦大家決定了，他也會一起行動。

經過一番討論，會長傾向以六人接力的方式來完成這項挑戰。

「二哥呢？這不是他的願望嗎？怎麼沒有來。」

「他有事要忙，」說實話，會長也不希望怒號天在此刻出現，擔心他會左右其他人的思想。「如果大家沒意見，我會先擬訂初步的計畫，再通知大家。」

「我……我也想要加入。」王澔支支吾吾的說。

會長看看王澔，王澔是他們新生代的優秀人才，也是風帆協會極力要栽培的重點選手。他的技巧雖待磨練，資質卻相當好，有一份賦性而來，天生駕帆的手感。可是他的年紀還那麼小，這實在需要深思。

「叔叔，我也想。」海薇不是信口說說，是在腦海中再三思索才決定這麼做的。

「我想加入你們『七級風』，我想和你們一起締造這項紀錄。」

「這……，我不能現在就答覆你們，我得好好想一想。」謹慎的會長不敢貿然應允，何況這件事需要眾人的默契，他怎敢掉以輕心？

「海薇，還是你自己跟父親說吧。後天妳就要離開，這段時間，好好考慮考慮，也許，換個環境，心意就改變了，也或許忙碌的生活讓妳即使想參加也分身乏術了。總之，我們最晚十一月還會再碰面，到時候再說吧。不過，有件事我現在就可以解決，如果妳真的喜歡我們這個團體，我們可以改名為『八級風』，就是不知道大家有沒有意見？」

「真的嗎？」海薇臉頰上的燦爛小花又綻開了，那梨窩令人難以忘懷。「你是說，我……」

「沒錯。」會長點點頭。他的意思很明白，如果海薇加入，將會是老八，「七級風」這個名詞也將會永遠走入歷史。

「我當然想啊，當然想啊！」海薇雀躍地連聲

驚呼，忘情地握起了三哥的手。

王澔覺得這份感覺好新奇，五哥老說他太早走入成人的世界，他也一直不想在團體裡當個最小的，好像永遠也長不大似的，可是，突然間多了一位像姊姊的結拜師妹，又讓他不太習慣。

會長也不清楚這樣做到底是對是錯，八級風，威力是更強大了，但他們真的能以秋風掃落葉之姿完成這項創舉嗎？

未來的事情實在難以預料，只是有些事情一旦決定了，就很難再後悔。

8 怒號天

關於怒號天最近的沉默，王澔感到相當不解。他雖然不清楚究竟發生了什麼事，但他得去弄個明白。

「二哥，我可以坐在船板上，和你一起出海嗎？」此刻，怒號天正在整理裝備，王澔挨到他的身旁，畢恭畢敬地問。

怒號天頭也不抬，一會兒，才從齒縫間冷漠地迸出一個字：

「嗯。」

王澔當然了解，二哥的表情一向不多，但簡單的一個應允，已經夠

令他心花怒放。

靜靜的海面上，怒號天專注地操作他的帆板。天氣悶熱黏膩，幾乎在一種無風的狀態，在這種時候操帆特別辛苦，如果沒有一直搖帆，船根本前進不了。王澔沒敢打擾他一向尊敬的二哥，他知道二哥的話一向不多，如果非得要用一種顏色來代表他，那麼，憂鬱的藍或落寞的灰都再合適不過。

王澔坐在船板上，雙手往後撐著，他專注地看著二哥，想不透，一個人何苦要如此憂鬱？這世界上有那麼多令人開心的事，儘管沒有，有著滿腔心事，為何也不找人傾訴？

出了海，王澔感受到了更多無拘無束的風，勇敢地開啟了他的話題：

「二哥，為什麼你喜歡到海上來？你在想什麼？」

「不要試圖探索我的內心世界！」

Adecco
RENAULT

很少人能跟二哥說上十分鐘的話，他太冷漠了，冷漠得讓不相識的人不願意自討沒趣。

可是王澔不一樣。他天生是有一點無厘頭。

「不錯！」怒號天曾經在王澔結束一次航程練習時，低聲對他這麼說過。

當時，王澔簡直樂壞了，他逢人就興奮地說：「哈哈！哈哈！你聽到沒有？二哥誇我做得不錯哪！」

後來，那句話像錄音機被設定了重複播放一樣，在王澔的心坎裡不停地歡唱著。雖然只有簡短的兩個字，對王澔而言卻是莫大的鼓舞。五哥曾經說過，能得到怒號天的讚美是件不容易的事呢，也因此，王澔開始相信自己可以做得更好，往後，也更虛心地討教。即便，二哥沒有時間搭理他；即便，有時動作做得不符二哥的要求而挨了一頓罵，他也絲毫不以為意。

「二哥！二哥！」他時常厚臉皮地膩在二哥身旁，有時大膽起來，還會「師父師父」的叫。

他知道二哥的脾氣就是這樣，不會去奉承人，也不會去順應人，只做自己。其實二哥從來不藏私，他會的、他懂的，他都很樂意指導，王澔從他身上學習了不少觀念及技巧，只是，他甚少會主動告訴你，一般時候，他欠缺的只是一股熱情。

「這樣好了，如果你告訴我，我也可以把我的祕密告訴你，這樣應該很公平。」王澔很認真的說。

正在操帆的怒號天轉頭看了王澔一眼，似笑非笑地說：「喔，交換祕密嗎？可是我對一個十三歲小男生的祕密沒什麼興趣。」

「欸，這位兄台，您這麼說就不對了，你不應該看不起一個隱藏在十三歲少年心裡的祕密，何況那個人將來有機會成為國家的棟梁，你能獲知他年少時期的祕密將是一件多麼光榮的事。」王澔一手撫著胸口，

一手忘情地伸向上空。

怒號天看到王澔那一副自我陶醉的神情，真是暗暗好笑。

他笑著說：「那好吧，我告訴你，我在尋找一樣東西。」片刻的沉默後，怒號天吐出了這麼一句。

「咦？是什麼？」王澔像突然從夢中驚醒般，「那樣東西掉進海裡了嗎？」

「是。」

「還找得到嗎？為什麼我從來沒見過你拿漁網或釣竿，也沒有見你用望遠鏡或探測器？你用什麼找？你確定那樣東西還在嗎？」

「你的話還真多。我只能說，那是一種奇妙的感覺。有時候我以為我找到了，但很快的，又發現它不見了，感覺很空虛，不踏實。」

二哥講得如此玄，王澔自然聽得一頭霧水。

「是什麼？我幫你找。」

「你認真的？」

「嗯！」王澔用力點頭。

「那好，以後我會慎重考慮。」

「一言為定。」王澔牽起二哥的手，準備和他勾手指頭。

「不會吧，一個國家未來的棟梁還這麼幼稚？」

「什麼幼稚，這叫誠信！」

「你啊，這個年紀應該好好和同學玩或和家人相處才對，可是你的天賦卻逼得你必須整天和我們混在一起。」

王澔想起煩人的小米以及恰北北的小妹可芯，突然打起了哆嗦，還是覺得和八級風在一起，會好一點。

「二哥，我聽說，你喜歡待在海上是因為思念你的父親，你在找他嗎？他已經失蹤了那麼久，可能……永遠也不會回來了。」

一聽到父親，怒號天的好心情登時消失無蹤，他蹙著眉瞪了王澔一眼，嚇得王澔一時噤了聲。他以為怒號天生氣了，其實怒號天只是不明白，為何有些人總喜歡去臆測他人的心事？是不是每件事都非得向大家報告得清清楚楚，才能滿足別人的求知慾與好奇心？好好的關心自己、關心家人，不好嗎？

沉默了半晌，他說：「他們只猜對了一半，我並不是尋找我的父親，我只想感覺他在海上的心境，還有，尋找一個被人們質疑的答案，這樣而已。」他停頓了一會兒，繼續說：「他們不相信我父親的話，但我始終沒有懷疑。」

王澔知道怒號天指的是什麼，他聽五哥說過，怒號天的父親是個船員，在某個夜裡，疑似發現一座沉城，他原本想探求更多的線索，但一陣驚天動地的雷聲嚇壞了他。他驚惶失措的奔回家，競相走告他的發現，但人們結伴去尋找，卻什麼也沒看到。

沒人肯相信他的話，為了證明自己，怒號天的父親數度去尋找，後來，連他自己也失去了音訊。

有人說，他成了海上孤魂，也有人說，他確實找到了沉城，只是，被困在了裡面。

「小時候，我常在想，他為什麼還不回來？他在海上過的究竟是什麼生活？每一次我在碼頭邊等他，我都告訴自己要把握機會問他。可是一旦等到他回來，摟著我說話，我又忘記了那個疑問，好像那個問題並不是很重要。我開心地和他聊天，告訴他在這段他沒參與的日子裡，有哪些好玩有趣的事。我可以說得鉅細靡遺，讓他彷彿身歷其境。直到他又再次出海，問題才又重回我的心版。我只好再度告訴自己，下一次，我一定要問他，在海上，他過的是什麼生活？想的，是什麼？」

「但我終究沒有機會再問到，那一直是我的遺憾。只有在海上，我才覺得遺憾消失了，我們好像可以以心印心，不曾分離。」

「你不恨大海嗎？它帶走了你的父親。」

「恨，但我恨天，恨天不遵守我與他的約定。」

「所以，你把自己取名為『怒號天』？」

二哥默認了。

他收了帆，暫時停靠在裡正角的沙灘。

9 海盜船

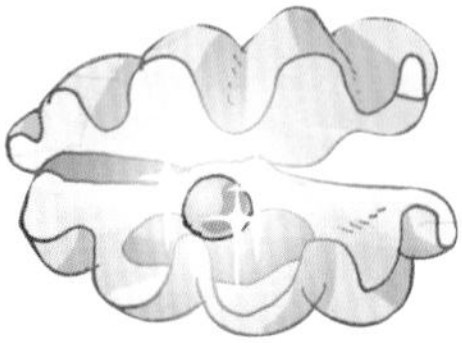

在夏天，能夠坐在潔淨的沙灘上，什麼都不做，是一件舒服的事。

王澔說：「我還以為你在找寶物，就像鐵達尼號沉船時，墜落的『海洋之心』一樣？」

「胡思亂想！」

「我聽人說過，以前維京人經常出沒在地中海沿岸和北海的地方，他們的船非常堅固，船頭高，船身窄，航行的速度非常快。船上的海盜個個身手矯健、橫行霸道。他們會擄掠海上的商船，將寶物占為己有。

在海上，人們要是遠遠見到船頭那高聳起來，既像蛇又像龍的怪物，就會嚇得魂飛魄散。還有，他們的船身外圍鋪滿了鎧甲，這讓他們顯得更強大、更令人懼怕。」王澔說得精彩，還比手劃腳了一番。

怒號天聽得津津有味。他訝異的看著王澔，笑著說：「沒想到，你對這個也有興趣，看來，我是找到同好了。」

「很神奇不是嗎？我沒事就喜歡看這些書，海盜船耶！簡直像童話故事一樣。」

「很神奇嗎？我們台灣海峽就曾經出現過很多海盜船啊！」

王澔睜大了眼，也張大了嘴。

「真的嗎？」

「騙你的是烏龜！」

王澔覺得莞爾，怎麼二哥也會說這麼幽默的話？

「海盜以往在大陸沿海一帶肆虐，他們殺人、搶劫，居民大多敢怒不敢言。能逃的逃、能避的避，連官員也不敢得罪他們。明太祖的時候，實行『墟澎』政策，把住在澎湖有勢力的大家族遷回福建去，可能是他們向朝廷要求，也可能是朝廷擔心他們會與海盜勾結。只是沒想到，大多數的百姓遷走之後，這地方反而順勢成為倭寇休息或窩藏的地方，連大陸一些繳不出稅的人也想辦法逃到這裡來躲藏。」

「怎麼會這樣？他們怎麼不走啊？」王澔對澎湖曾經住滿了海盜而感到失望。

「倭寇指的是日本的海盜，但搶劫的海盜並不一定都是日本人，有很多是住在大陸的不法之徒假扮的。當時，那些內地的不肖份子，有些是平素就為非作歹，有些則是生活太過困苦，在飢寒貧病交迫之下才會起盜心。那些海盜船停泊在這裡取水、維修，他們有時也在島上躲避風浪，分贓搶劫來的財物。」

「沒人治得了他們嗎？」

「很難，因為當時的官員大多無能，只好放縱他們在海上來來去去。即使朝廷實行海禁，也無法杜絕他們。不過，有一個人帶來了改變。」

「別賣關子，是誰？」

「是沈有容。沈有容上任以後，早晚都訓練舵師及兵將，他知道，這些盜賊如果不儘快剿滅，沿海將永無寧日。」

「他成功了嗎？」

「成功了。」

「耶！」王澔握拳振奮了一下。

「據說，沈有容打了幾場漂亮的勝仗，並且率領船隊在巨浪滔天的冬季到台灣，將設在南北的倭寇巢穴一舉殲滅。傳說，當時的盜賊為了

保命，還把竊來的寶物扔進大海，希望能轉移那些官兵的注意力，引發他們的貪念，投身大海去。」

「太壞了，簡直詭計多端，那些官兵有上當嗎？」

「你放心，他們的詭計並沒有得逞。沈有容的士兵紀律森嚴，在沈有容一聲令下，大部分的官兵或用刀斬、或用火攻，將他們打得落花流水。」

「Yes！」王澔聽了實在高興，他握起雙拳，又一次舉臂振奮。

「當時，福建詩人傅鑰還作了一首『破倭東番歌』來褒揚沈有容呢。」

「二哥，你懂得真多。」

「沒的事，剛好我們都有興趣，才聊得起來。」

商船擱淺的、被暴風雨擊沉的、被海盜擄掠的……許多黃金珠寶、布疋、瓷器、絲絹……都因不同原因而落入海底。王澔俯視大海，想著滿載寶物的海盜船、想著被砍殺而沒入海裡的漁人及商賈、想著曾經流淌下來的無數鮮血，這些全都已經被海水重新淨化。

波平如鏡，靜謐得如同柔絲綢緞般的海水，讀不出絲毫曾有的恐懼、血腥與搏殺。

眼前，清澈的海水承載著潔白的浪花。

10 缺口

經過了一整個星期的深思後，怒號天主動去找會長。

「我想過了，我可以操縱風、操縱帆，卻無法、也不能夠操縱未來。」

「你可以的，你可以的。」會長激動的按住怒號天的肩頭，對於怒號天終於首肯，「帆渡台灣海峽」的活動總算可以撥雲見日。連日來壓在他胸中的巨石，重量也相對減輕了許多，令他舒坦了許多。

只是，他並未完全理解怒號天的意思。怒號天以為有些事是不得已

的，儘管你不想去做，你還是必須這麼做，那是他的能力所不能夠操控的。

這段日子裡，有太多人來當說客，關於金氏世界紀錄、關於偉大的願景，他都不在乎。能夠讓他改變心意的最大關鍵還是在於王澔。

「不管我們這個團體叫做『七級風』還是『八級風』，我們的默契都是最好，我們不想搭配別人，我們要你，二哥，如果沒有你在我身邊，我害怕我做不到。」

王澔表明了需要他，幾經考慮，他無法棄他於不顧，他必須當王澔的支柱。

會長知道的是，一但怒號天承諾的，他都會盡力做到最好。這是他最放心也是最亟待援助的力量。

一個懸空的缺口終於咬合，他們的心又得以重新聚攏在一起。

八人即將橫渡黑水溝的消息披露之後，媒體記者紛至沓來，有些採訪得很詳盡，將每個人都做了身家調查似的訪問，連星座及興趣都一一記錄，讓他們幾乎以為自己是電視上的大明星。細心的記者還要回了協會往後的活動執行計畫、行事曆，以及最近的練習時間。

「長這麼大，第一次有記者來採訪我，王澔，過來幫我看看，我這樣穿可不可以，白頭髮多不多？」

「五哥，雖然還差我一點，不過可以啦！」對自己的外表一向深具信心的阿昌走了過來，他卸下後背包，從裡頭掏出一瓶慕斯。搖幾搖，往掌心按壓出少許白泡沫，搓揉幾下後，將老五鬢角兩邊亂翹的髮給按貼服順。這還不夠，他以指為梳，將老五平整式的瀏海往左邊盡數撥去，亮出圓弧度的前額。阿昌像個髮型師、又像個造型師般左瞧右瞧，隨後他點點頭，對自己的作品甚覺滿意。五哥濕濕亮亮的髮型，看起來已經少了幾分憨厚。

挑戰黑水
八級風計畫發表會
澎湖
嘉義
Hot
Speed

「好啦！更帥了。」

另一邊，會長正很慎重的回答記者的提問：「我希望這次的活動能讓更多的民眾支持風帆這項運動。這次的活動縣政府一直大力支持，希望藉此機會能夠將這美麗的地方打造為風帆的故鄉……」

「有必要搞得這麼複雜嗎？我真的覺得壓力很大。本來只是二哥要做的單人挑戰，現在卻搞得這麼隆重。唉，一想起來，我的胃又要開始痙攣了。」石

頭怪自從聽到會長宣布，上級打算將活動擴大的消息後，就一直緊張兮兮、焦慮不安。

「是啊，突然變成大家的焦點，有些不習慣。」學勝也深有同感。

「不會啊，我倒是滿期待的，反而有點希望那一天快點來，最近都覺得日子過得好慢好慢。」阿昌瀟灑的說。他背著一把吉他，在談話中，偶爾，會將吉他挪至胸前，輕拂兩三下，彈一小節輕柔的和弦後，哼幾句詞，頗為自得其樂的樣子。

「夠了夠了，我的胃更痛了。」石頭怪又撫著肚子，怪叫起來。

「盡力就好啦，反正我們是一個team（團隊），有什麼事一起承擔。」自從海薇加入這個團隊，這項活動，她已產生了生死與共，榮辱攸關的使命感。

王澔問：「海薇，你是怎麼說服你爸爸答應的呀？」

海薇得意的笑說：「他拗不過我的，他不答應，我就不吃飯。最後，他只好投降。」

「怪不得，妳這趟回來瘦了很多。」大夥兒終於明白箇中原因。

阿昌暫停了他輕聲的歌唱，當他有話想說的時候，就會停下來。

「對啊，太瘦了，不好看，駕風帆也會沒力氣。」

轉過頭，海薇接觸到學勝投注過來的眼神，那眼神承載著太多的言語，有責備、有不捨，也有不滿。

幸好這時，有人轉移了話題：「是啊，別怪會長了，他處理這些行政工作，上下開會、聯絡，已經焦頭爛額，快沒時間練習了。」

「總之，能幫忙的我們就儘量幫吧。對了，二哥呢？」

「沒來。」

「他才不會來，這種訪問行程他根本沒興趣。」

「等會兒要訪問他怎麼辦？」

「我們代答呀。」

「那記得要學得像一點，二哥在不認識的人面前說話，一句話不會超過五個字，要簡潔有力。」

海薇權充起記者，「請問您叫什麼名字？」她的眼神望向三哥，然後笑瞇瞇地將隱形麥克風遞過去。

學勝不答話，仍用方才一樣的眼神瞪視著她。

氣氛瞬間有些尷尬。海薇巧妙地將麥克風遞給王澔，王澔沒察覺有什麼不對勁，收起笑臉，學二哥酷

酷的回答：「怒號天。」

「好特別的名字，請問取這個名字有什麼用意嗎？」

這回六級風搶過麥克風接話了：「我爽。」

噗嗤，他自己都忍不住笑出來。

五哥糾正他：「不對不對，眼神還要再銳利一點，酷一點。還有，千萬不能笑。」

這一說，除了學勝之外，眾人笑得更厲害了。

「唉唷，拜託你們不要再讓我笑了，我的肚子已經在痛了，現在一用力笑，更痛了。」石頭怪又再嚷嚷。

一群人趁著二哥不在，模仿他，消遣他，一言一語，氣氛竟活絡輕鬆了起來。王澔知道大家開這樣的玩笑並沒有惡意，因為私底下，大家尊敬二哥尊敬得不得了，要說八人裡頭誰的操帆技術最好，答案當然非二哥莫屬。可就是二哥這個人太過於嚴肅，讓不熟識的人誤以為他跩，擺高姿態。

　　這一次，大家能聚在一起愉快的談笑，都是慶幸二哥終於點頭答應，讓缺口得以完整，可是，會不會又有新的缺口即將產生呢？

11

敬天

經過上次在沙灘上的交談後，王澔更加肯定二哥根本是外冷內熱的個性，只要談的話題投契，他也是很健談的。而且，自從二哥答應加入後，他對王澔的要求更多、更嚴格了。

每天，怒號天訓練王澔的體能，簡直到了一絲不苟的地步。十圈操場、折返跑、游泳、騎自行車、伏地挺身，這份課表簡直像在訓練鐵人三項。對於臂肌耐力，更是特別加強。

「還好吧？」和王澔最麻吉的五哥最關心他，其實五哥和王澔是親

戚關係，王澔還得稱五哥一聲舅舅呢！不過，五哥可不希望王澔將他叫得那麼老。

王澔年紀輕輕就學風帆，還是五哥從中牽的線。沒有出海捕魚的時候，五哥常會等到王澔訓練結束，再送他回家。

王澔吐出舌頭，像小狗散熱一樣直喘氣，他說：「快累死了。」

「明天會更辛苦。」

「啊？為什麼？」

「因為明天是農曆的六月十九。古早人有一句話說：『六月十九，無風水也吼。』」

「可是，氣象預報說最近都是好天氣。」

五哥笑一笑。

隔天，果真狂風亂掃，風浪捲起能有一尺高。唔——好冷，王澔想起五哥神準的預言。

「五哥，你怎麼那麼厲害，知道今天的天氣會變差？」

「我討海那麼多年了。這些諺語，都是祖先流傳下來的經驗和智慧，很有參考價值的。」

「就這樣？」

「對啊，不然你以為我是氣象台。」

「每次都準嗎？」

「那倒不一定。我說一個故事給你聽，一九九六年的冬天，那天剛好是農曆十二月二十五日，你阿嬤作忌。晚上七點左右，雷聲隆隆。聲音好像來自很遠，卻大得嚇人，每一聲都叫人心驚膽顫。」

「就好像天被激怒了一樣。他發出巨大的怒吼，極力要宣洩祂的不滿。那時候，你阿公非常煩惱，一直看著窗外忽明忽滅的天色。我叫他不要想太多，可是你阿公回答我：『怎麼能不想？俗語說，冬裡雷，屍成堆。』我也聽過這句話，冬天裡打雷，是不祥的預兆。你阿爸靠

在窗邊，天空猛地又傳來一聲巨響，閃電的照耀下，你阿公的臉色好蒼白。」

「結果呢？」

「結果隔年真的爆發了嚴重的口蹄疫。台灣從南到北有好幾百萬頭豬感染到瘟疫，為了人們的健康，相關單位不得不進行撲殺。那些豬隻有的被燒、有的被活埋，想想看，幾百頭幾百頭的豬被活生生的丟進深坑，遭活埋時，能不叫聲淒厲、遍野哀嚎嗎？聽說有些工作人員看了心中不忍，在往後的好長一段時間裡都吃不下豬肉。」

「我好像對這則新聞沒什麼印象。」

「那時你還很小。」

「可是這樣會不會太迷信，這些話也沒有科學根據，應該不會每次都準吧？」

「是啊，尤其現在大自然界的變化很大，春夏秋冬都亂了。那次口蹄疫事件之後，他更深入去研究俗諺，準的時候，村裡的人就把他捧得像神一樣，稱呼他『半仙』。可是，也有踢到鐵板的時候，有一回七月打雷，你阿公想起我們的俗諺：『七月陳雷，倒厝宅。』意思是說，如果農曆七月打雷，會有颱風大水，可能釀成相當嚴重的災害。所以你阿公就叫人要做好防水災的工作，誰知道後來什麼事都沒發生，那些人就怪你阿公危言聳聽，害得他們沒出外工作，沒賺錢，你阿公還差點被人揍哩。」

「嘎，這麼可憐，難不成那些村民真的希望有災難發生嗎？」

「也不是，只是人的心很複雜。我覺得古人的智慧，多多參考也無妨。有時候事先防範，還可以

避免災害，不是很好嗎？凡事小心一點也不會有什麼損失。」

「我們這一家從阿祖開始，都是看天吃飯。大自然雖然不會講話，也暗示了很多玄機。」

「舅舅，我們現在玩風帆，算不算看天吃飯呢？」

「應該算吧，哪一天你拿它當職業，就更要聽天的話了！」

王澔坐在舅舅的摩托車上，看看天，感覺對這藍天大海又多了一分敬畏。

12 澎荷初會四百年

最近，王澔每次要到風帆協會，就看到路邊插著醒目的旗幟，上頭寫著：「澎荷初會四百年」。

「澎荷初會四百年？是什麼？」王澔在心中納悶著。想問，卻找不到適當的時機。

上社會課，熱衷參與地方文史工作的何老師替王澔解開了這個謎。一六〇四年八月七日，荷蘭人首次在澎湖登陸，這是歐洲國家第一次踏上這片土地，更早於與台灣接觸。

何老師在黑板上寫下「一六〇四～二〇〇四」的數字，並畫上一條弧線，表示相距正好四百週年。

「哇！」底下傳來一陣驚呼。

何老師預告文化局預計辦理的相關系列活動，包括參觀、展覽及論壇……等等。他並且向全班宣布一則有趣的消息：十一月二十日上午，天后宮廣場及馬公港前將會有一場「歷史場景重現——荷蘭人初會澎湖天后宮」的活動。活動中需要幾位同學來喬裝四百年前的漢民，由於何老師負責籌備這個部分，因此他希望有興趣的同學可以找他報名。當然，名額有限。

王滸聽了，覺得這事真新鮮。

接著，何老師敘述起這段歷史。

他先從哥倫布發現新大陸開始談起，不過哥倫布在一四九二年發現薩爾瓦多，是大家為了考試早就背得滾瓜爛熟的事。用功的同學也都知道，從此以後，西方掀起了大航海時代，歐洲國家向著對他們而言神祕而富庶的東方挺進，進行殖民地占領與貿易。更厲害的同學還能說出葡萄牙人和西班牙人於十五世紀來到印尼及中國，並於其後占領澳門及呂宋島作為貿易根據地的事。

可是，當老師講到荷蘭人登陸澎湖——這塊在座的同學土生土長的土地時，卻沒有人能說出事件的來龍去脈，因為課本上簡單帶過，考試也不見得會考。老師顯得有些激動與無奈，他特別交代，每位同學都要搞清楚、弄明白。

「家鄉人豈可不知家鄉事？」一句話壓得大家啞口無言，接著說之以理、動之以情。

「考試時我一定會考！」這分明是恫之以威。

「答題答得好，下回戶外教學我請你們吃飯。」哇！這是誘之以利。

於是，王澔全班在何老師情理、威嚴及利誘等多重方式的交疊並施下，沒人敢不專心聽。

義大利人馬可波羅在元朝忽必烈掌權時，做了十七年的官。回到義大利後，他寫了一本「東方見聞錄」，書裡詳細記載了中國的富庶與輝煌。也因為這本書，讓遙遠的歐洲人對中國非常嚮往，中國的絹織品、陶瓷器、書畫、茶葉等等物品，對他們而言更顯得特別奇異及珍貴。

中國當真如此美好嗎？探險家們紛紛以朝聖的心情往神祕的中國出發，如果，他們能夠順利取得中國文物，載運回歐洲販賣，利益必定難以計數。於是，貿易風吹了起來，葡萄牙人率先出發、西班牙人承續挺進，就連一五八一年才獨立的荷蘭人也接踵而至。

何老師在黑板上攤展了放大比例的世界地圖，並要同學們在自己的小地球儀上找出荷蘭這個國家的位置。有概念的同學先在地球儀上找到西歐，接著便在版圖較為廣大的法國北方、緊鄰德國西邊之處，發現了這個腹地不大的風車之國。

不過大部分同學還是找不到，他們頻頻問：「在哪裡？在哪裡啦？」覺得真像海底撈針一樣困難。

唉，這又是何老師覺得很無奈的一件事，因為這幾年的教育政策過於強調鄉土，反倒也讓孩子失去了國際觀，往往他接一個班級的時候，都有很大比例的同學說不出世界上到底區分哪五大洲，這不是基本的常

識嗎？他有時也會抱怨，抱怨孩子們應該要有更豐富的先備知識。

他放慢速度，要孩子隨著他，在黑板上的地圖找到荷蘭的位置。

找到以後，他繼續解釋：為了鞏固經濟、拓展貿易，荷蘭人循著新興的海路出發。他們成立了「聯合東印度公司」，在一六〇二年，遷至巴達維雅（即現在的雅加達）。

「你們知道他們是怎麼來的嗎？」何老師拋下了這個提問。

「坐船！」馬上有人舉手回答。

「廢話！」

顯然，有人受不了這個答案。聽到其他同學直率的反應，何老師也感到莞爾。「我大概沒說清楚，我不是問他們乘什麼交通工具，而是問他們前來的路線。」

見大家沒有反應，何老師將地圖沿國際換日線剪開，地球是圓的，現在大家都知道，可是對最初那些有意拓展新航路的航海家來說，卻不知悉。老師將右邊的美洲部分移至左邊，這樣銜接自然有他的目的。接著，他拿出事先預備好的一艘木製小船，小船只有掌心般大小，木船上還釘上三根鐵線做桅桿，桅桿的上下端繫上了小塑膠布當作帆，可說維妙維肖，相當可愛。

小船的底座前方被削留了一道細長的木條，平坦的底座後方則貼上了一塊圓形磁鐵，這麼做是方便等會兒在具磁性的黑板上作業。

何老師將木製小船停放在荷蘭這個國家當作起點。

「現在，我們就來走一趟。」

老師早已細心地在地圖上割開一條條彎曲的航道。地圖上，這些如河流般割開的軌跡正是當初他們向東前進的路線。為了加深大家的印象，他徵求有興趣的同學到黑板上來，用手駕著小船，循著地圖上的軌跡，進行一趟繞過半個地球的海上冒險之旅。

13 波濤翻騰

王澔自告奮勇的來到世界地圖前，聚精會神地駕船走著。木船從臨海的荷蘭出發，向西南先到達加納利群島，繞過南非開普敦，再往東赴澳大利亞，並往北經印尼才來到廣東沿海，最終在澎湖靠岸。世界地圖上，澎湖群島小得可憐，幾乎只有筆尖般的大小，儘管看不到任何標示，王澔閉著眼睛也知道它位在中國大陸東南方的台灣海峽上。

這確實是一趟遙遠的旅途，水路漫漫，迢迢萬里，王澔感到非常震驚。自歐洲啟航、經南美洲、非洲、大洋洲再達亞洲，雖然只是蜻蜓點

水式地略略沾到了邊，範圍卻也擴轄了五大洲並越過二大洋。老師說，這樣的海浬數大約須歷時一年多。雖然，當初這些船艦均有國家的經濟做後盾，船闊帆高，船員多也得以互相照顧，不過，王澔仍是由衷嘆服。一年幾乎有三百天在海裡打滾，他太了解，海象是瞬息萬變的，凡是到海中來，誰也不能預知下一秒鐘會發生什麼事。

當初荷蘭人想辦法要和中國通商，可是明朝的律例規定，除非是朝貢的國家，否則一概不准。當時的荷蘭並非朝貢國，這道屏障將他們摒拒在外。可是，眼前懸著一塊鮮嫩多汁的肥肉卻搆不到也吃不著，內心的不甘與著急可想而知。

他們當然不會就此放棄。

「老師，為什麼荷蘭人的船隻會在澎湖登陸呢？」

「我目前知道有兩種說法，一是當時『荷蘭聯合東印度公司』的司令韋麻郎因為領著的商船遇到大風，所以就近在澎湖停泊；另一種說法則是一直想與中國通商的韋麻郎因為受到高人指點，知道澎湖的地理位置重要，可以做為與福建通商的根據地而有意占據。你們覺得哪一種說法比較可信？」

「大風！」

「占領！」

「好好好，別吵，」何老師笑著說：「這兩種說法提供同學們參考，或許有朝一日，有了更明確的證據，這兩種說法都會被推翻也不一定，歷史上也不乏這樣的事。」

「老師，可是荷蘭人怎麼那麼輕易就上岸，難道沒有遭遇任何的阻擋嗎？有人要來借住我們家，也得問問主人同不同意啊？」

「是啊，問得好，當初住在澎湖的漢人看到荷蘭人的時候，覺得他們很奇怪，紅頭髮，紅鬍子，他們從來沒見過這樣的人，還以為他們是妖怪。不過，這些荷蘭人還是住了下來。

「澎湖在明朝的時候，歸屬於中國的版圖。一五九七年（明萬曆二十五年），當時因為在澎湖流動的倭寇很多，所以朝廷為了防止盜賊進入，春秋兩季都會派兵在澎湖島上駐守，春汛為期三個月，冬汛為期兩個月。一六〇四年，當荷蘭人的船隻在馬公港靠岸的時候，很巧的是，剛好逢春秋兩季間的空檔，所以他們才不費吹灰之力地上了岸，並在心中有了新的盤算。

「荷蘭人韋麻郎為了達到與朝廷通商的目的，做了很多努力。包括派人說情、槍砲示威，也領受了被協商者欺騙的經驗。荷蘭人的船又寬又高，沿海地方官的船根本比不上他們的五分之一，福建官吏們的心中自然會害怕，對他們的要求也不敢斷然拒絕，幾次都觀望著，看是否有變通的可能。

「可是韋麻郎不達到通商的目的，就盤桓不去。這些官員們非常頭疼，他們想起沈有容剿滅倭寇的神勇，都希望他能再次肩負起驅逐的重任。……」

「沈有容？」王澔的心裡突然一凜，「我知道他，他曾經擊退不少倭寇，讓那些倭寇恨得牙癢癢的。」王澔舉手發表，沒想到與二哥在沙灘的對談竟在這時接上了線。

一六〇四年十一月十八日，沈有容率領五十艘兵船來到澎湖，他並不急著攻打他們，而是對韋麻郎曉以大義，希望勸他們離開。

「你們還是走吧，通商根本是行不通的。」

韋麻郎說：「可是你們的人告訴我，這件事已經上奏朝廷，而且皇

帝也即將恩准。他要我等候好消息，還拿走了我三萬黃金、五萬荷幣以及打點其他守門及大人們的贈禮。」

沈有容知道韋麻郎受到了欺騙。他據實以告，表示根本沒有這回事。交談中，韋麻郎敬重沈有容的豪情，他也曾經想過要短兵相接，他們的武器可不輸給明朝。可是，他也沒有萬全的把握，沈有容下令，不准沿海地區的百姓再有私下與韋麻郎交易並補給他們糧食的情形；一方面，他也運用策略，讓韋麻郎相信，如果他們真的要開戰，將會有更大批的軍力嚴陣以待。

這些計策果真奏效，原本還不願意放棄的韋麻郎一行人，終於在同年的十二月離開了澎湖。沈有容就這樣不費一兵一卒，趕走了這些麻

煩。

下課鐘聲響起，一節課的時間在何老師活潑的教學及講述下，竟很快就過去。

王澔覺得意猶未盡，何老師也不急著結束，相關活動的展覽將在天后宮持續一個月，何老師打算打鐵趁熱，藉著四百週年這樣一個難得的機會，將這段歷史做進一步的介紹與探討。他發下一些講義資料，請同學們事先研讀。下週起，每組將輪流報告，報告主題包括沈有容如何諭退韋麻郎、荷蘭人二度登陸澎湖、荷蘭人建立熱蘭遮城、鄭成功趕走紅毛番……

一談到有關海上的事，王澔就興致勃勃。何況，他與老師所提，四百年前的

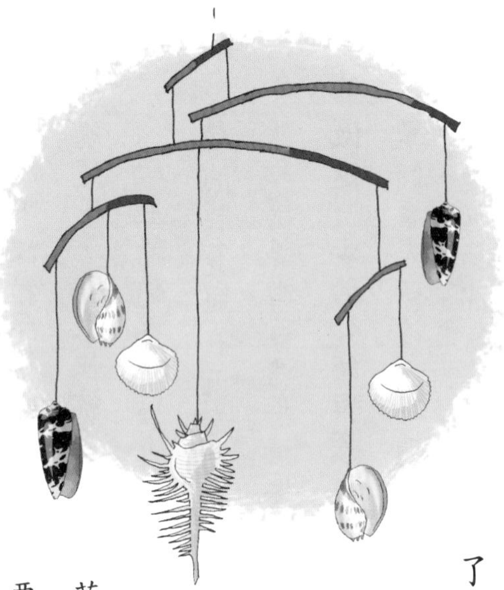

荷蘭商船航行在同樣的海域上，更令他感到熱血沸騰。荷蘭的商船從那麼遙遠的地方前來，不論是為貿易，或為競爭版圖，都令他感到不可思議。也由於知道了這件事，讓他增添了不少信心。原本「帆渡黑水溝」的活動一直令他感到惶惶不安，現在，心情倒多了幾分篤定。

海盜、倭寇、荷蘭商船、先民渡海……台閩間的台灣海峽，曾經鼓動過那麼多的怒海狂濤，太有趣了，王澔立下決心要深入探尋更多的過去。

一下課，他馬上向何老師報名「澎荷初會四百週年的系列活動」，並自動請纓要喬裝明朝的老百姓。

14 面對

在會長的大力奔走下，帆渡黑水溝的日期確定訂在隔年的九月十八日。

這些日子，因為二哥的魔鬼訓練，竟讓王澔整個人改頭換面。怒號天首先注重王澔的飲食，高熱量的垃圾食物絕對要求他禁口，炸雞、漢堡、薯條根本是想都別想，這真的讓王澔難過得要命。

有一次，他經過香噴噴的炸雞店，在門外駐足了好久。可是嘴裡卻不斷跟五哥催促著：「走，我們快走，要不然我會受不了。」說這句話的時候，眼神根本沒有離開過那家店。

由於體力消耗非常多，王澔不得不由一餐一碗飯增添至二、三碗，胃，好像無底洞一樣。沒辦法，不這樣吃，好像肚子永遠也填不飽。

王澔的身高拉拔許多，看起來體格也壯碩許多，麥色的皮膚變得更黝黑了，遠看簡直像個小黑人。

「小黑！」海薇看到他的轉變，曾開玩笑的這麼叫他。

可是，馬上就得到王澔的求饒：「拜託不要這樣叫我，感覺像在叫小狗。」

為了加入這個活動，王澔真是拚了，幸好，他還算是耐操。

怒號天教王澔更多的操帆技巧：如何心無旁騖、保持高度的專注；如何辨別風的方向，在迎風航行時、順風航行時，捕捉角度；如何才能不側移，並保持身體的平穩。每晚，他規定王澔得先冥想後才能入睡，將當天所學在腦中重新思考一遍、複習一遍，哪裡做得最好，為什麼？

哪裡做得失敗，又為什麼？事出必有因，他總得想出個道理來。

訓練的成績是有目共睹的，王澔的肯學肯練令二哥欣慰。他從不討價還價，撐不住的時候，咬著牙撐著，會長告訴過他，這次的活動他只能排候補，因為他的年紀還太小、能力不夠、經驗也不足。

王澔知道他必須更努力，才能得到大家的肯定，才能從候補名單躍升到正式的選手。二哥願意花時間指導他，他還有什麼不能吃的苦？

王澔確實是個懂事的孩子，他的虛心受教讓怒號天覺得花再多心思教他也是值得。但王澔最大的問題就是自信心不足，他常擔心自己會成為害群之馬，過度的緊張讓他無法正常發揮，也容易失去專注。

為了讓王澔更能獨當一面，十月下旬，高雄有個盃賽，怒號天一改這幾年對比賽避之唯恐不及的態度，決定帶王澔到縣外去闖一闖，讓他藉個人賽的磨練，汲取寶貴的經驗。

fish

「二哥，你的技術這麼好，聽說，曾有人拿高薪來聘請你當教練，你為什麼不走呢？」

「我玩風浪板不是為了名，更不是為了利，何況，我已經有這麼好的徒弟了，不必再去指導別人。俗話說：『美不美，鄉中水；親不親，故鄉人。』我愛這裡，我走不開。」

王澔有一種預感，事情並非這麼單純，但他知道，二哥不想說，他問了也沒有用。

怒號天的付出，王澔的努力，這一切，四海會長自然都看在眼裡。

在湖西鄉的奎壁山，退潮時，可以徒步走到對岸的赤嶼去，夜晚，滿天的星子非常耀眼，是情侶們談心的好地點。

「你說話好不好？你在生我的氣對不對？」

「……」

「你一直這樣悶著，不難過嗎？你要講我也可以，罵我也可以，就

是不要這樣不說話。」

「我不喜歡你用不吃飯的方式來達到目的。」

吁，原來是這件事。遇見悶葫蘆，海薇真的沒輒。

「你不該用絕食的方式來威脅你爸爸。」

「你放心，爸很疼我，他捨不得我受苦。」

「為什麼要利用別人的弱點來達到目的呢？」學勝眉頭緊鎖，對海薇的舉動無法諒解。

面對學勝的連番質問，海薇也有些動氣

了。「那請問你究竟想怎樣？事情都已經過去了，爸爸都已經沒意見了，你為什麼還要跟我吵這些？」

「我在乎的是你運用的方式！你現在會這麼做，以後還是會這麼做！」

海薇感到很委屈，也很憤怒，為了能取得父親的同意，她能說的都說了，能做的都做了，學勝只能在電話中安慰她，卻無法替她解決問題。好不容易，父親答應了，雖然她選擇的方式並不妥當，雖然父親答應的同時也有附帶條件，但能夠加入他們，難道不值得慶祝嗎？可是學勝不但不為她高興，反而還教訓她，這究竟是什麼意思？

她咬咬牙，賭氣地揚起下巴迸出一句話：「怎麼樣，我就是高興，你管我？」

這是他們第一次吵架，拋下這句話，海薇賭氣的不再說話。

15

意外的驚喜

「老哥，祝你一路順風。」在即將出發前往高雄比賽的前一天，讀小學五年級的可芯看到王澔返家，送上了一張自製的卡片，她在上頭畫了一個年輕的選手很帥氣地在駕風帆，底下還寫了四個大字：「一路順風。」

「欸，你別害我。」準備要收拾行裝的王澔一看，嚇得大叫。

「什麼嘛！好心沒好報，拿來！」可芯一把搶回卡片，氣呼呼的說：「人家我可是做很久耶，誰知道你根本不領情。冷血動物！」

15 意外的驚喜

「不是啦！」王澔也明白可芯是好意，他拿起一枝筆，把卡片上的「順」字塗掉，在上方改了另一個字。

「這樣就好啦！」

可芯一看，「一路側風！」

「為什麼？」她不解的問。

「一般人都以為風帆是靠風的力量來推送前進，其實，最主要的還是靠『白努利效應』，在順風的時候，白努力效利會消失，反而容易不穩定，很難朝逆風的方向高速前進。」王澔解釋著。

可芯雖然還是似懂非懂，但她知道王澔並不是故意拒絕。

「反正你加油啦！不要丟我們家的臉。」

「喔，妳管真多，管家婆。」

可芯插著腰，嚷嚷：「什麼我管真多，你應該說：『是！遵命！』，人家是關心你耶，做這張卡片做很久耶。」

王澔這個人一向吃軟不吃硬，聽到別人關心他，對他好，他就投降。

「是——！遵命。」王澔把「是」的尾音拉得長長的，說完以後，忽然覺得納悶：到底他是老大？還是可芯是老大啊？為什麼他都會不由自主地照可芯的話說呢？

他縮了一下身子，感覺可芯真像一個女暴君。

這時，門鈴響了。

站在門外的是笑嘻嘻的小米。

王澔心裡嘀咕：完了，又來一個煩人的。

小米對王澔說：「這是我撿的幸運草，四片葉子，很少見的唷！送給你！」說完，小米很難得的轉身就要走，不過，走的時候，她還是沒有忘記留下她那句招牌口頭禪：「王澔你這個笨蛋，加油啊！」

王澔氣得咬牙，「妳——不准再叫我笨蛋！」分貝之大，王澔相信，整條馬路的人應該都會聽見。

可是，小米已經笑著跑走了，王澔總覺得，小米一定是故意的。

「哼！為什麼那麼可愛的人老是要做那麼討人厭的事！」

可芯指指老哥，「喔——男生愛女生。」

「笨蛋——！」王澔氣得回到房裡，把門甩得好大力。

高雄盃的比賽揭曉了，令人意外的是，王澔以十四歲零兩天的年齡越級挑戰，竟然奪下了第八名。

領獎的時候，他整個人還是恍恍惚惚的，一切都不知道是怎麼回事？原本他以為自己一定不會得獎，只是抱著多學習的心態，二哥也告訴他，這次的盃賽水準不低，要得獎恐怕不容易，他只希望王澔把握難得的機會盡力表現，將最好的一面呈現出來。

比曲道賽時，王澔根本不敢多想，沒想到，拋去了得失心反而讓他發揮得相當好。不過，比賽也有運氣，競速賽開始不久，他聽到競委艇發出訊號，還以為自己越了線，忙著回到啟航區，後來才發現根本不是在指他，擺這樣的烏龍讓他平白失去了時間，變成啟航的最後一個。不過這些都是其次，能獲取經驗才是最寶貴的。

王澔獲頒了一面獎牌，頒獎典禮結束，一位前來指導的香港名將對他比了一個大拇指。

王澔真是興奮莫名。

十一月的盃賽緊接著到來，大家都對甫在高雄盃獲取佳績的王澔寄予重望。在自己的家鄉比賽占有天時、地利與人和，除了「八級風」以外，王澔的親人、老師、同學包括媒體，好多人都對王澔這麼說：

「這次比賽看你的了啊。」

「不要讓我們失望哦！」

「我們一定會去幫你加油。」

「拿個第一名回來嘛！」

只有怒號天，沒有讚美他。

16 凡夫俗子

自從媒體陸陸續續來採訪，五哥就更勤於翻報紙或週刊，這一天，他又徘徊在協會的門口等送報生，左顧右望，好納悶，今天的報紙怎麼來得特別晚？

「阿吉，等什麼人？」會長問。

「沒……沒什麼！只想看看報紙來了沒？」

一接到報紙，五哥就趕緊在地方報導中逐條搜尋，卻不見昨天的採訪有任何報導。

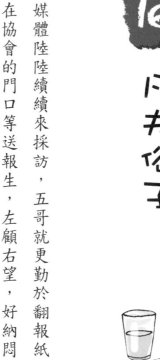

會長笑著說：「沒有嗎？可能還要時間整理，聽說有時候稿擠，刊登的時間就會往後挪。」

五哥顯得有些失望，他到便利商店，將昨天記者會上出現的報社報紙都買了一份，他也明白，雜誌的部分最快得下個月才會出刊。

地方報的報導介紹的較多，有活動預告，也刊登了他們八個人的名字。其他報導大同小異，但少不了要誇一誇年紀最小的王澔。

五哥覺得這下糗了。女兒一定會說：「爸爸，你最會騙人。」

「爸爸怎麼會騙人呢？你等著看，記者問了我好多的問題呢！」他曾經這樣告訴自己的女兒。

過幾天，大家聚集在協會辦公室裡，阿昌從外面走進來，手裡握著一份雜誌。

「你們看，雜誌刊出來了。」他把雜誌攤在辦公桌上。

五哥興奮的湊過頭去，但他立刻發現，好大的一篇報導都將焦點集中在王澔身上。

明日之星——十四歲王澔

標題又粗又黑又醒目，但最令老五感到顫慄與不堪的是標題下的那張照片。那是他與王澔一起在觀音亭畔的合照，雜誌編輯人員卻硬生生地將他的部分裁掉，只留下了搭在王澔肩上的一隻手掌。

「哇！王澔，紅了哦！」海薇拍拍王澔的肩。

「恭喜恭喜，好大的一篇報導啊。」

大家你一言我一語，大多是讚美王澔、祝賀王澔。王澔還沒看仔細，到底報導是怎麼說他，只好一逕兒傻笑。五哥這時悄悄抽身，離開了協會，他覺得自己那一刻並不該屬於那裡。

SPORT

獨自一個人在斜坡上走著，五哥覺得好悶。心底深處逐漸浮現出一個聲音：「如果沒有我五哥，王澔可能如此風光嗎？要不是當初我拉他進來學風帆，要不是我一次一次陪他出航、給他鼓勵，再教導他熟悉水性，他可能年紀輕輕就成名嗎？」

可是雜誌上寫的好像王澔天賦異稟，天生下來就會。

「哼！他們懂什麼？」很悶的他，獨自一人去整理倉庫。

回到家，五哥把報紙拿出來，真想把它們扔進垃圾桶裡。可他還是略有不甘地用掌心推推報上因生氣而過度擠壓的皺摺，上頭再壓一本厚重的書，以便平平整整地收進抽屜裡。

誰叫，報導上仍有他的名字呢！

誰叫，他也參與了這樣的事，是其中的一份子呢！

從小到大，他一直是沒沒無名，老實說，他覺得自己是有點自卑的，任何風光的事，很少會發生在他的身上，他永遠是為別人鼓掌的那

個人，他原以為，他這輩子，就這樣平平凡凡的過一生了。可是，沒想到，有朝一日，報紙上竟然也出現他的名字，竟然也會有記者來採訪他，他從來沒有那麼驕傲過，他可以告訴自己的女兒，自己也很了不起。

可是……可是……為什麼在他身上的焦點是這麼模糊呢？為什麼大家的眼裡只有王澔呢？

報導陸陸續續出來，大多數除了介紹活動內容外，都在談王澔，有些誇獎吹捧得王澔有些飄飄然。

「五哥，你看了××報沒有？他們竟然說我是神童，從來沒有人這樣說過我。」

「還有人說我可以挑戰奧運，以後的事很難說，搞不好我認真努力，真的可以像報導上說的，為台灣取得第一面的風浪板金牌。到時候，站上頒獎台，胸前掛著獎牌，手裡拿著鮮花，一定很榮耀。爸爸媽媽也一定很開心。」

五哥的心情有點複雜，王澔是他的親外甥啊，他既替王澔開心，又感到有點兒酸。「那你要好好……」

不等五哥說完，王澔又兀自興奮地講得口沫橫飛。

五哥看王澔說得眼神發亮，突然明白，王澔並非要他回答些什麼，只是想找個人分享喜悅而已。他開始聽不清楚王澔說話的內容。

「五哥。」

「……」

「五哥？」

「啊？」

「你替不替我開心？」

「嗯？」

「得奧運金牌呀。」

「喔！如果有那麼一天，我當然會替你高興，全世界都會替你高興。」說這些話，五哥沒有什麼表情，連他自己都感到意外，好像，話是應該這麼接的。

「太棒了！五哥。」王澔一聽，熱切地握住五哥的手。一股暖流傳遞上來，五哥突然感到自責又愧疚。

17

裝扮

十一月二十日上午，王澔早早就來到天后宮廣場，何老師有交代，因為要化妝，千萬不可以遲到。他被帶進一間小房間，裡頭，幾位早到的同學已經戴好了頭套。

「哈哈哈，你是辰威嗎？」看到同學怪模怪樣，王澔覺得好好笑。

辰威說：「你不要笑我，等一下你也一樣。」

不過，王澔跟辰威不一樣，辰威穿的服飾是淺褐色長衫，黑布鞋，他的長髮垂肩，頂上梳了一個髻，整體造型比較像公子哥兒。

17 裝扮

辰威皮膚白，化起妝來修飾一下，更像個翩翩美男子。而王澔那像醬油色的皮膚即使再塗上一層白漆，效果恐怕也不會太好。來幫忙的師母要他穿件綠布衣，並在他腰上束條黑長帶，王澔體格壯碩，感覺起來比較像長工。

穿起古裝真好玩，他們從來沒有這種經驗，哈哈哈，化好妝、穿好衣服之後，他們一看到彼此，就是忍俊不住。來假扮漢民的同學有二十幾個，王澔這個班有四個，女生只有一個陸霏霏。聽辰威說，班上有些同學是不好意思報名，但他們卻很想來看；有些同學則是動作太慢，不知道活動這麼搶手，早被人捷足先登。

陸霏霏穿起古代的服裝，好像變了一個人似的，連動作都不敢太粗魯。

辰威鬧她：「來啊，來踢我啊。」平常，霏霏遇到臭男生惹她，最喜歡抬腳踢人了，如果現在在教室，聽到辰威這麼說，霏霏鐵定會一腳

踢過去，然後翻一下白眼，吼一聲：「白目小孩！」但她通常不會真的傷到人，只是做做樣子而已。

可是現在，她只是甩甩寬寬的衣袖，扭扭捏捏地說一句：「無聊！」

看到陸霏霏突然變得這麼溫柔，辰威和王澔又很有默契的大笑起來。

何老師喝止大家：「好了好了，別鬧了，等一下正式開始的時候，不可以這樣嘻嘻哈哈，表情要自然一點，大家都在看你們。」

「喔。」

十點鐘一到，他們一群人在廣場上等候，活動開始，免不了要有長官來賓的致詞。縣長講話的時候，辰威用手肘碰碰王澔，並用眼神示意他往那邊瞧。

他們看到幾個外國人，其中一位特別誇張醒目：他的眉毛及鬍子不但濃密，而且又紅又翹，頭上頂著一頭蓬亂的紅髮，就像一頭高大的紅毛獅王一樣。

王澔和辰威笑得全身亂顫，何老師走到他們身後，用捲起來的活動導覽單刺刺他們兩人的腰，他們轉頭一看，看到何老師將食指靠在唇上，示意他們安靜。

「正經一點！」連陸霏霏都警告他們。

王澔低下頭，怕笑臉被當事人看見，有失禮儀。可是，想到自己穿這個樣子，又想到那個人衝天的紅髮、一本正經的模樣，又忍不住全身亂顫。他提醒自己：不行笑，不行笑，其實他並沒有取笑的意思，只是和辰威一起，就覺得好玩兒。

辰威又用手肘撞了王澔一下，好像在怪他：「幹嘛又笑了？你笑我也會想笑，都是你害的。」

他們不敢笑出聲，只好摀住嘴巴，掩飾一下。

何老師不能罵，只好拉著他們退到後排，站在自己身邊。

這樣也好，不站第一排，不會太醒目。

沒多久，那位紅髮的外國人走上了演講台。主持人向大家介紹，他是荷蘭貿易暨投資辦事處的代表。

嘰哩呱啦，嘰哩呱啦，王澔聽不懂他在說什麼，不過有翻譯。他聽到翻譯說了兩次：

「我們荷蘭的商船當初登陸澎湖是為了通商，而不是占領。」

「我們荷蘭的商船當初登陸澎湖是為了通商，而不是占領。」

王澔對辰威咬耳朵：「他幹嘛要特別強調？」

17 裝　扮

「誰知道。」

「搞不好他們知道我們的書上有說他們的壞話。」

「嗯。」辰威點點頭表示有道理。

「我也很想看看他們的書耶，看看同樣一件事，他們的說法是不是一樣？」

「不會一樣吧，老師曾經說，同一件事，不同的立場就有不同的觀看角度，自然也會有不一樣的解讀。而且我相信，一定很少人願意讓下一代認為他們的祖先不好。」

「那到底該相信誰說的話呢？」

王澔聳聳肩。

這時，何老師輕聲的說：「相信真理吧！」

致詞結束後，該王澔他們上場了。鎂光燈此起彼落，其實他們的任務很簡單，只要在廣場上走來走去就行了。那幾位遠道而來的荷蘭人也喬裝成當時的商人，他們穿著傳統服飾，黑色上衣的領口翻著花邊的大白領，一件七分褲接著白襪，黑皮鞋。來的人都留著一頭及肩的髮，有人髮色偏褐，有人髮色豔紅。

身材高大的他們從另一端走過來，近距離看他們，皮膚白、鼻子挺、眼睛大，總之輪廓很深，表情也較為冷漠。

「哈囉！」擦身而過的時候，辰威調皮地和他們打招呼。

其中一個好像嚇了一跳，但很快的，他也笑著回應：「Hello！」

王澔抓著辰威問：「你怎麼這麼敢？」

「好玩嘛！不要那麼嚴肅。」

回到廣場，表演節目正在進行，他看看流程，接著還有樂曲演奏以及小朋友的舞蹈演出，壓軸則是「四百年古碑重揭的儀式」。

有些同學先去換裝了，可是何老師不准王澔和辰威走。

「你們兩個，剛才太調皮，罰你們進去看古碑，下禮拜和全班報告心得。」

「不——會——吧？」辰威小小的抗議了一下。

「走吧！」王澔拉著覺得自己非常倒楣的辰威。

18 古碑

天后宮的清風閣裡，立著一座古碑。清風閣，是過去的文人聚在一起談詩賦詞、憂心國事的地方。

辰威站在古碑面前，說：「這塊古碑啊，我看過很多次了啊！」

「真的嗎？」

「對呀，每次元宵節來天后宮乞龜，我都會看到它，平常和媽媽來拜拜，或者帶親戚到這裡，也都會看到它啊！」

「那我問你，上面刻什麼？」

18 古碑

辰威很專心地看著碑面上的字體：「好像是什麼……紅毛番……唉呀，看不清楚了啦。」

「大笨蛋，這裡有啦！」王澔指著簡章上的字。

辰威只好承認，自己雖然見過這塊碑很多次，卻從來也沒有仔細研究它。

「不要說你啦，我也是一樣。」

沈有容諭退韋麻郎的故事，王澔在菓葉沙灘上聽二哥說過，那是一段很美好的回憶。何老師上課再提到的時候，感覺沒有二哥說得震撼，卻也再次加深了他的印象。面對這塊碑，王澔覺得心情很激動，這塊古碑有一百九十八公分高，樣式很簡單，碑面已經有些泛黑，碑上的字體飽滿渾厚，屬於凹陷的陰刻，原本刻的「沈有容諭退紅毛番韋麻郎等」的字跡已經模糊，沈有容三個字快看不見，韋麻郎的郎字也辨別不清。

沈有容諭退紅毛番韋麻郎等

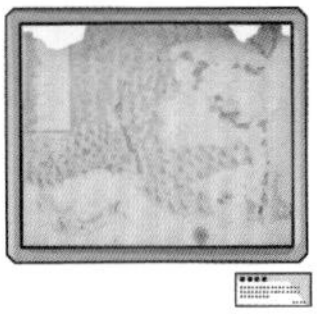

18 古碑

碑陽上沒有什麼圖藻紋飾，也許碑額上曾有雕飾，卻因年代久遠而斑駁。

以前王澔常來天后宮，天后宮是一級古蹟，有四百多年的歷史。廟中供奉的媽祖曾數次顯靈搭救海上漁民，全廟建築不曾動用一根釘，這些他都如數家珍，再清楚不過。可是三番兩次來到後殿，從這塊古碑經過，也從不覺得它有什麼特別。今天他才知道，原來這塊古碑的來頭還真不小。

「辰威，你看這說明，原來這塊證明沈有容把韋麻郎趕跑的碑是明朝留下來唯一的一塊碑，也是台灣最早的一塊碑耶。」

「歷史這麼悠久啊。」

「為什麼要立碑？好奇怪。」

何老師就站在他們身後，他說：「碑有很多作用，有些記錄了先皇官吏的功績、有些表彰聖賢的貢獻、有些緬懷及追悼、有些記錄寺廟書院的發展沿革，都很有意思。

「在淡水有一個『犧牲動物紀念碑』，因為製造藥品需要獸疫血清，所以犧牲了很多動物當實驗，當時立碑的人認為這些動物為了大眾的福祉犧牲生命，同樣值得紀念。」

「所以立碑的對象不僅僅是人，也不單純只有紀事囉。」

廣場上，揭起了另一碑，那是仿石碑上的字跡在木材上的重刻，將這段歷史重新再溫習一次。

王澔看了天后宮廟前廣場上所立的重修簡介，才知道這塊有四百年歷史的碑並不一直被人們看見。一九一九年日治時代重新整修時，曾被

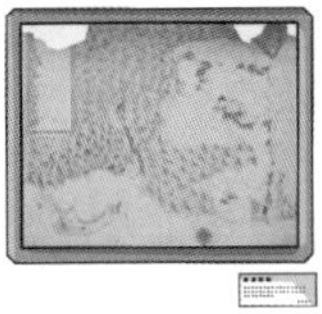

人從祭壇下挖出來。

「為什麼要把這塊碑埋在地下呢？這石碑立起來，多神氣啊！」

沒有人知道當時究竟發生了什麼事，如果沒有任何記載，事件也許就將隨風飄散，永久成為一個謎。

活動歷經一個多小時就結束，王澔感覺……好快，也說不上來，好像少了一點什麼。

他還聽到路邊有人說：「這樣就結束了哦。」

王澔很替他們可惜，如果不是上過課，他大概也不十分了解這段歷史，了解這重要的意義。

整個月，天后宮的清風閣裡有一系列的特展，談論著十七世紀活躍在台澎海域的荷蘭人。

荷蘭貿易暨投資辦事處一行人也遠從荷蘭帶來了一些館藏的圖畫。

與怒號天的對談、上何老師的社會課、在天后宮廣場前裝扮漢民，甚至在清風閣內觀賞流傳下來的繪畫、圖片，或後製的模型，對王澔來說，都有很深切的體會，他覺得生活周遭有很多事都值得去發掘。

從南投來的海薇對這段歷史有更深刻的體會，也有了嶄新的體驗，但卻覺得意猶未盡，她感覺所欣賞到的後人詮釋很片面，一些圖片，一些模型，以及一些重要的記述及說明雖然重要，卻無法完整呈現當時的情景。

不過，她找到了一種方式來填補這種空缺。

19 紅毛城

幾天後，海薇拿了一疊紙張，問王澔：

「你想不想看看，我編的故事。」

「故事？」

「是啊，我到天后宮看展覽，有了一些想法，就編了一些故事。」

「喔，原來，最近好少看到妳，就是在寫故事啊，我還以為妳偷偷和三哥約會呢！」

海薇沒有說話，她勉強的笑了一下。「有時候，我會把自己躲在故

事裡，它是我某部分生活上的寄託。」

王滸笑著說：「好，故事我一定會看，不過我要提醒妳，下禮拜六就要比賽了！妳要加油喔！」

「我會的。你也是，你最近成績很好，大家都看好你！」

「沒有啦！」王滸想起了那些報導，想起眾人的吹捧，有些飄飄然，又有些害羞起來。

這一天，王滸早早爬上了床，靠著床頭，蓋好棉被，把故事打開：

一六二二年，荷蘭人再度登陸澎湖。

雷爾生中尉負責指揮這艘船，他瞇起眼，抬頭看著天空萬丈的金光，根據氣象預報，三日後將會有一場暴風雨，唉！此刻的天氣雖仍是燠熱難耐，但海面下波濤浮動，已隱約可以嗅到一股山雨欲來的氣息，航線圖上，韋麻郎所說的港灣應該就在附近，看來得加速前進。

氣象預報果然有其可信度，入夜，海面巨浪捲起的高度漸增，航行也愈來愈無法平穩。在顛仆無依之際，暴風雨愈來愈猖狂，雨勢瞬間大起，豆般的雨點紛紛落下，夾雜著凜冽的寒風，吹得人的身體縮瑟起來。

合恩船長憂心如焚，他的額間頸項全是雨水，恐怕也有因焦急而逼出來的汗滴。

整艘船陷入一種極度的不安。他們只能祈禱黎明趕快來。

「那裡！」

總算天無絕人之路，在天色漸亮後，合恩船長拾起胸前的望遠鏡一瞧，馬上欣喜地比出全速前進的手勢，舵手也振奮起來，他巴不得到引擎室將速度加快兩節。前處的灣港闊水深，足以容得下這艘巨大的三桅帆船。

這座小島並非神秘之島，在地圖上恐怕只有筆尖般的大小，卻沒想到在這樣危急的時候，可以拯救大家。想當初，韋麻郎一行也是這樣的吧！

這艘船的桅頂上飄搖著一支荷蘭旗幟，船帆力抗強風，像一朵朵飽滿而輕顫的山百合。

被強風撐起的帆肚緊繃著，「蓬蓬」作響，在強風中不停演奏出震撼人心的律動，這風，多像一匹狂野得難以馴服的馬。

雷爾生順利地來到十八年前，韋麻郎來過的地方。他們一登陸，見到他們的人紛紛驚叫走避。

雷爾生問手下維達：「我們長得很可怕嗎？」

「對他們來說，我們的長相是很不一樣。」

雷爾生看看自己的裝扮，他的白皮膚、紅頭髮的確和當地人很不一樣。黑色滾白邊的裝束，七分長褲、白長襪、黑皮鞋，和漢人的長袍長褲、黑布鞋也有很大的不同。手下維達一頭褐髮，蒼白的膚色，高聳的鼻子，對應著漢人的黃皮膚以及見到陌生人有些驚恐不安的神色，的確也顯得異常冷漠。

幾天後，懂得中國話的傳譯向他稟告，這裡的人私下叫他們紅毛番，指的是沒有開化的紅毛怪物。雷爾生聽了倒沒生氣，他只是用食指摸摸右邊唇上翹的紅鬍子，開心得大笑。

從韋麻郎離開到他再度來到澎湖的這些年，他們沒有放棄和明朝政府通商的念頭，這一次，他們甚至準備得更周全，打算將這個地方占領，作為談判的根據

地。

既然有居留的打算，雷爾生和船長澎德固．合恩就必須仔細勘查這裡的地形。他蹲下來拾起一把土壤，發現這裡的土因為四面環海，鹹性很高，有機質的含量太低，難怪沒辦法種植稻米農作物。

船長問：「吃的問題該怎麼解決？」

雷爾生皺皺眉，他們的確得克服重要的民生問題，以防水土不服。

幾天後，雷爾生很興奮地發現這裡的居民幾乎都抓魚吃，「魚！這裡的魚群數量簡直超過我的想像。」

安定下來後，雷爾生首先做的是派人到福建請求通商。可是，結果依然相同。

「可惡，我們只是想在這裡通商做生意，竟然也不准。」

「現在決定怎麼做？要回去嗎？」雷爾生的手下維達客氣地徵詢雷爾生司令的意見。

「回去！開什麼玩笑?!我們從大老遠的地方來，雖然在巴達維雅公司的營運狀況很好，可以將南洋的香料、錫送到日本及北歐，可是我們最重要的貨源大宗還是希望包含中國。不行，一定要再想想辦法，不然我沒辦法向國王交代，他上次已經託人告訴我，絕對不能放棄這裡的貿易。」

「是，將軍。可是……如果還是不行，為什麼不考慮嚇唬嚇唬他們？以我們目前的武器，他們怎麼比得上？」冷峻的維達氣憤的提出看法。

「嗯，我了解。不過先慢點，我打算先在這裡蓋砲台和城堡。」

「城堡？可是將軍，你看看這個鳥不生蛋的地方，風又大，也不經常下雨。放眼看過去，什麼建材都沒有，我們要拿什麼蓋？」

的確，雷爾生看著腳下的土壤，貧瘠乾渴。這裡既沒有蓊鬱的森林，也別說有一大片茂盛的林地了，就連農作物也難以生長。雷爾生真不明白這裡怎麼會如此荒涼？

「我們的船上有一些木材，先把那些建材和工具搬下來，設計師湯不是也有來嗎？叫他先去勘查地理位置，我現在就寫一封信回巴達維雅公司，叫他們馬上運工程師、木匠、工人以及建材和工具過來。」

雷爾生走到桌前，匆匆寫下一封信，信裡頭概述了這裡的狀況，並詳列了他所需要的用具。

他交代手下：「馬上送出去！」

一六二二年十月二日，明朝政府仍然不願意荷蘭人與中國通商，荷蘭人因此突擊沿海地方，打算來個下馬威。

設計師湯在幾番巡視後，看中了風櫃尾的地方，他向雷爾生建議在那裡築城堡及砲台，不但可以先有一個根據地，也可以臨海觀察海上情勢，一方面保衛自己避免受到攻擊，一方面也方便卸貨。

方形的城牆四面築起，施工中，冬天的東北季風開始呼呼的吹，冷颼颼的凍得人刺骨。

「呸，什麼鬼天氣！」築城的工人們啐了一口，「看看這裡，四周既沒有大型的建築物可以擋風，野外空地又這麼大，臨海施工，風這麼吹來，媽的，冷得人發抖。」

好幾個工人縮著脖子，在手掌心裡哈著暖氣。他們的身體冷得直打哆嗦，臉上及腳上的多處皮膚也已經乾燥龜裂。

「他媽的，真想喝上一口胡松子酒。」

胡松子酒是當時荷蘭水手在海上航行時，喜歡喝的一種酒。天氣冷的時候，能夠喝上一口，多麼暖和。

另一邊，明朝朝廷聽到荷蘭人已經在澎湖築城的消息，也命令福建官員派兵前來築城堡，他們的地點選在馬公港附近，以備日後不時之需。

20 交會

這日午後，船長澎德固．合恩翻開他的旅遊筆記簿，他一直有寫日記的習慣，將觀察到的所見所聞記錄下來。

約莫只沉思一分鐘，他便開始作畫。

他先用炭筆在紙張上方輕輕勾勒出一幢平頂建築的概略輪廓，再將線條逐漸加深，添上紋路及細部的構造。畫紙下方他畫上幾個工人在勞動，有些正拿鏟子在地上耙土，有些正仰身舉起鶴嘴鋤，身體伸展成一道美麗的弧度；還有一些握著榔頭，蹲坐在地上釘木條……。澎德固將這些人都畫進了他的畫裡，也不忘在幾個工人腳上加鍊條。

「唉，傷腦筋，這幾個愛喝酒，酒後就忍不住鬧事的船員。」澎德固蹙了蹙眉，這些瑣碎的事真是令人頭疼。昨夜，澎德固才處理好一樁滋事事件，韋多因為天冷，加上抱怨工作辛苦多喝了兩杯，喝了酒後，看其他船員不順眼，一言不合，兩人大打出手，最後竟演變成打群架。

「真蠢，這樣還得做更久的工作。」澎德固嘆一口氣。

只是，喝酒鬧事的人恐怕也想不了那麼多，他們老早就規定，一旦有人犯了錯，就要處罰勞動。有罪就有罰，是他們堅持遵守的法則。不過有時候這些事很煩人，唉，算了，澎德固不太想煩心這些細碎的事，要不是昨夜牽涉的人數比較多，這類事件，他都是交由屬下去處理。

航行漂泊的日子裡，雖然國家及公司交託的任務常讓他必須以貿易、利益為優先，但心底深處，合恩仍渴望著一份心靈的祥和及平靜。航行的歲月中，經過不知多少次的狂風怒濤。遇到暴風雨，他們得儘速找到港灣躲避。船隻折毀，糧食不足，飲用水用盡，這些狀況層出不窮，都必須儘快修葺及補充。

原本是生性喜歡冒險，他才四處漂泊的，但自從上回的事件，意外失去了與他合作十年的伙伴克拉維特後，他竟衍生了以往不曾出現的念頭，他竟然厭煩了四處飄盪的生活，他竟然渴望能找到一個地方（還不確定是否為原生的故鄉？也許是漂泊的這些年，很鍾愛的地中海沿岸小島），在那裡，好好的安定幾年，甚至不排除是一輩子。

他想起了一次航程，雖然只要三個月的時間，但那一次卻意外的弄翻了水。船上的人遇到燠熱的天氣，每一個人都渴得無法忍受，望著茫茫大海，卻無法喝下一口。

海裡的鹽分比血液中的鹽分要多，怎麼入得了喉？

他一直企圖安撫船員：「忍耐一下，就快到了。我們會儘快找到補給站。」他自己其實也已經脣乾舌裂、焦躁不堪。

烈日無情的烘烤，幾度他以為自己就要葬生異處，魂歸茫茫大海。

「我就要死在這裡嗎？真是令人不甘。」他忿忿地說。

什麼樣的暴風雨他沒見過？最嚴重的時候，他還曾經爬上桅頂去收帆，帆頂上，風雨飄搖，天空雷聲大作，大風大雨打在臉上，一隻手撐著，但他終究沒被擊落。

那麼大的危險，他還不是撐過來了？現在，卻要被區區的幾滴水給打敗？

想著想著，他都要為自己的懦弱感到不屑，可是，又有什麼法子？這就是生存。

愈來愈多人支撐不住了，那些屍體如果繼續停留在甲板上只會發臭，必須明快的處理，當然，扔進大海裡是最好的選擇。

他們開始喝尿，但遺憾的是，有些人連尿也排不出來。少數人開始去追船上的老鼠，吃身邊看見的軟皮革屑，直到老鼠也抓不到了，他們轉而去吸吮魚的血。

沒別的法子了，只求，能夠生存。

肉體受到強烈的煎熬。昏昏沈沈的、意興闌珊的，直到，有人勉強用嘶啞的聲音傳來一聲驚叫——

「到了，看到了，」一位虛弱的船員指著船上的飛鳥。「有海鳥飛過桅頂，陸地不遠了。」

合恩已經難過到沒有力氣去看航海圖。他們拖著軟弱不堪的身體來到甲板上，重新振奮起精神。

「希望」，果真會讓人重新燃起求生的意志。

數不清同行的水手有多少死傷。留下來的雖然能夠僥倖生存，為富裕的生活繼續打拚，但合恩船長能夠體會：生命，終究還是脆弱。

畫紙右下方尚有空間，合恩船長此刻的心情和緩，沉靜地畫著眾人受彌撒的情景。對他來說，這個地方的信仰是截然不同的。他們沒有信天主、沒有信耶穌，而是信菩薩、信「媽祖」。在這裡住了幾個月，他也輾轉聽聞了媽祖的故事。言語雖然是不通的，傳譯的手下也不能時時在身邊，但偶爾比手劃腳的相處，還是會找到一種溝通的方式，特別是遇到急難，需要救助的時候，能夠發揮大愛的精神，種族已經不再是個障礙。

合恩記得剛來的時候，船員向他反應，船上的食物已經不多。

「你看，這東西有蟲。」

「我的肚子好痛！」

船長問：「你剛剛吃了什麼？」

「我什麼都沒吃，只喝了幾口水。」船員痛苦的回答。

「水？哪兒的水？」

Adecco
WIND

士兵痛苦的撫著肚子，指了指右前方的水缸。合恩走向前去，探頭望，不瞧還好，這一看險些暈厥。水裡頭爬滿了蛆，一條條白色細瘦的軀體不停蠕動，士兵肯定連看都沒看就舀起一瓢仰頭喝乾。

生病的人愈來愈多，在船上，他們多用吸管喝水，這是一種習慣，也讓他們疏於去辨別水質的潔淨與否。

當地的一些居民將生病的人集中在天后宮，為他們祈求神明保佑。那一回，當他的船員受到疾病感染的時候，這個性質像教堂的天后宮的確提供了船員暫時休養生息的場所。

神愛世人吧，祂怎會區分眼前受病痛折磨的是黃種人還是白種人呢？合恩仔細凝視著案桌上的神像。慈眉善目的金身，這位就是海上的守護神嗎？是默默拯救眾多在海上漂泊的靈魂，指引出一條大道的明燈嗎？

「報告船長，我們的工人數嚴重不足，希望能夠增派人手。」這時，一名工人來到了他的身邊。

合恩思索了一會兒，「看來只得這樣辦，你到沿岸地區去徵求幾個中國工人來，叫他們搬運砂石。」

「是。」

他低頭繼續作畫，筆觸依然是柔細恬淡，整張圖充滿了寧靜祥和的畫風，直到完成。

一六二三年的二月，中國同意讓荷蘭人暫時待在澎湖，直到他們找到合適的港灣。隔年八月，一支中國船隊到澎湖來要求荷蘭人離開，荷蘭人接受了建議，橫渡台灣海峽到台南去，他們將在澎湖搭建的城堡拆除，並前往安平，在那裡居住、蓋熱蘭遮城，也就是現今的安平古堡。

這一趟，停留了兩年又一個月。

看到這裡，王澔突然愈來愈清醒，有此一說，沉城其實就是荷蘭人

拆除的城堡落入了海裡，難道，那就是怒號天尋尋覓覓的解答嗎？

海薇這個充滿感情的女孩，將這一段歷史添入了自己的想像，人物變得更有血有肉、更有靈魂了。

末了，王澔看到海薇寫著：

> 不同的年代上演著不同的故事，而訴說的，其實都是人性，都是情。

王澔看到這一段荷蘭人從澎湖到台南的遷移，想起了八級風也即將駕著風帆橫渡台灣海峽到嘉義去。

會有人為他們寫故事嗎？他突然有了這樣一個令人玩味的想法。

紙張背面，王澔看見海薇寫著幾行潦草的字：

> 學業剛剛到一個段落，我感到徬徨，我不知道，我的未來會怎樣。
>
> 我也不知道我會在這裡待多久。
>
> 一輩子？或是一年？
>
> 但我真的很高興認識大家。
>
> 我會很珍惜和你們相處的短暫時光。

海薇為什麼會這樣寫？發生什麼事了嗎？在「年」的地方，王澔看見了有水暈開的痕跡，那是淚嗎？

21

孤帆遠影

十二月初的盃賽，集眾人期待於一身的王澔意外落馬，不僅如此，他的表現非常糟糕，別人不知道原因，但王澔卻很清楚，他的桅桿是壞的。左思右想，只有一個原因。出發前，他親眼見到，怒號天替他整理過。

隔天，一家報紙醒目的標題這樣報導：「薑是老的辣！怒號天勇奪冠軍，驕傲的王澔慘遭滑鐵盧。」

真令人不敢相信！他的二哥，他的師父，為了贏他，竟然動手腳。

他氣沖沖地來到怒號天眼前，撇撇嘴角，鄙夷地說：「虧我把你當成師父。到頭來，你卻見不得我好。」

怒號天鷹似的雙眸直盯住王澔。他緊抿雙唇，未發一語。

王澔怒眼圓睜：「你說話呀！解釋啊！我倒想聽聽你怎樣說不是你。」

怒號天的眼神銳利如劍，彷彿要直直刺進王澔的心坎裡去。時間一分一秒流逝，卻彷彿在那頃刻間凝凍。接著，怒號天甩過頭，彎身拾起帆板。仍然是不發一語，昂首邁步離去。

「回來！你給我回來！」

回應王澔的只有怒號天冷然的背。

「孬仔！孬種！敢做不敢當！」儘管怒號天的背影已經漸次模糊，王澔依舊撕扯著喉嚨，流淚開罵。因為這一次，他真的很生氣，很生氣，那樣的小人行徑，有可能斷送他一輩子的前途。

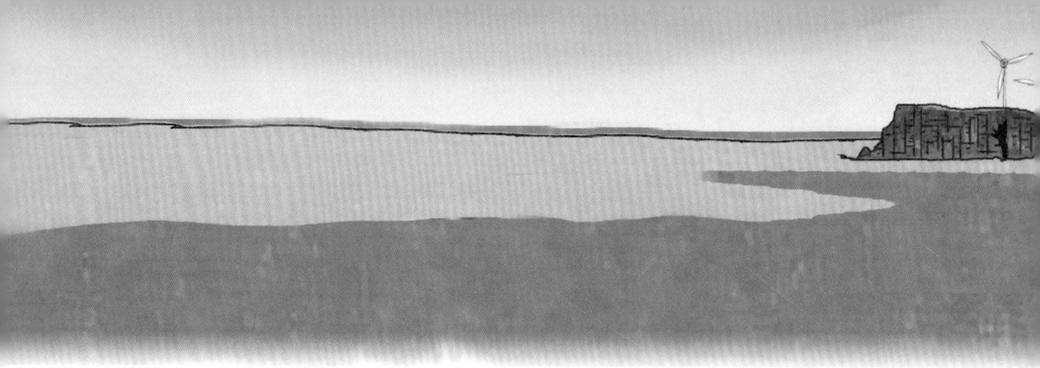

這一切，五哥都看在眼裡，他的臉色忽白忽青，一度欲言又止。

他不願見他們師徒決裂，想說些什麼，卻只能走向前，摟住王澔，拍拍他的肩。

「好了，別哭了。」五哥擁著王澔向前走，卻聽他一路抱怨：「虧我那麼尊敬他，當他是二哥、是師父……」

王澔的心又痛又急，他心裡，多希望二哥能說句話，辯解也好、認錯也罷，就是不要這樣一走了之。

五哥又何嘗心中好過，他緊鎖的眉頭，若有所思。

低迷的氣氛籠罩了整個冬天，甚至一直蔓延到隔年的三月。

王澔和怒號天陷入了一場漫長的冷戰，而令四海會

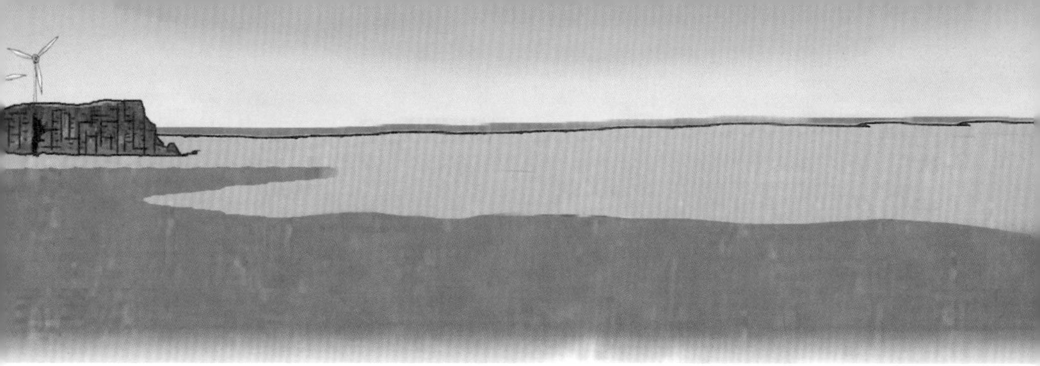

長煩惱的，還不只有這樣。

在這個團體裡，會長通常忙行政；怒號天我行我素，行事作風也低調；石頭怪的個性拘謹；五哥平時要出海；王澔的年紀又最小；海薇得在台澎間往返；七人當中就只剩三哥和阿昌是平時風帆教學的最適當教練。可惜阿昌做事瀟灑，不喜歡太多的規矩和限制，要他按部就班的指導，依他的說法是「想到就會瘋掉」。

學勝由於是體育教師，教學較有技巧和方法，比較起來也總是比較專業，因此來黏著學勝學風帆的女孩是相對多一些。

「他們不懂來問我，我當然要告訴他們。」學勝總是這樣說。

海薇的笑容變少了，臉上像朵小花的梨窩也愈來愈少綻開。王澔不喜歡看著海薇寒著一張臉。

例行開會的時候，三哥拿來一份起司蛋糕給海薇，海薇只吃了一口便罷了手，學勝鎖著眉，覺得海薇實在不領情。

「你看她，瘦巴巴的，再不多吃一點，不多補充體力，渡台灣海峽的時候怎麼撐得下去？」

海薇也覺得委屈，表面上學勝好像非常周到，處處替她設想，可是她壓根兒不敢吃起司，那種食物太甜膩了，她一點兒胃口也沒有。

有時候，關心，實在不應該變成一種壓力。

「我不愛吃。」

「挑東挑西，營養怎麼均衡？」

「我會自己照顧自己，你不要逼我。」

「我為妳好，妳還說是逼妳。好！那以後不管妳好了。」

21 孤帆遠影

學勝負氣走掉，海薇覺得傷心，只是哭。

這是他們第一次在大夥兒面前吵架。

「沒事沒事！幹什麼啦！」石頭怪企圖要當和事佬，卻也是愛莫能助。

「唉，感情的事。」五哥摟著王澔，有感而發地下了這句注解。

等了一夜，學勝等不到海薇的電話，海薇也守在電話旁。

隔天到觀音亭，海薇尋找三哥的蹤影，看到他正若無其事地在教風帆，她不禁懷疑：他怎麼可以這樣若無其事呢？海薇不明白，看著他談笑風生的模樣，彷彿什麼事也不曾發生。

海薇沒辦法做到，當心中有不愉快的事擱著，她就會受到影響。

「和妳不愉快是我們兩個人之間的事，和其他人一點關係也沒有，我不喜歡混為一談，將不好的情緒轉移到別人身上。」學勝這樣告訴她。

「我知道，」不過海薇抱怨著：「可是你對別人就笑嘻嘻的，一見到我，就臭著臉不說話，我不是你最親愛的人嗎？」

學勝不想解釋，他不知道怎麼說，其實是因為他太在意，才會一時之間無法釋懷。他只淡淡的說：「我的個性是這樣。」

是！「我的個性是這樣」這已經不是第一次了，當初還沒開始交往，他不就提醒過了嗎？海薇自己還是愛上他，怪誰呢？

「怪就怪我不應該愛上你，你也不必因為愛我而做任何的改變，是嗎？」

王澔覺得再這樣說下去，根本無法解決問題。他現在是旁觀者清，兩個人談話的內容已經愈扯愈遠。

不過是一些小事，不是嗎？而他和二哥的裂痕，是不是也是小事一樁呢？事情過去了五個月，該不該，主動和二哥和好呢？五哥常勸他，事情已經過去了，況且他也沒受傷，不如算了？可是他很生氣，為什麼二哥連說一句對不起也不肯，他一向不是那麼敢做不敢當的人。

22 過盡千帆

學勝不開心就去駕風帆。海薇起初不開心就躲起來，她的所有情緒幾乎都被三哥左右著，她無法泰然自若地在人們的面前出現，接受他人疑問的眼神。後來，她無意間聽見，有人擔心她再這麼下去會無法完成艱難的任務時，好強的海薇索性卯起性子來瘋狂的練習。

會長提點她：「海薇，妳不要意氣用事，要照顧自己。」

「叔叔，你放心，我只是不想成為害群之馬。」

說完這句話，海薇又往海裡去。

「唉！真是個任性的女孩。」會長也不清楚這究竟算是優點還是缺點。

事情的發展果然像王澔擔心的那樣，海薇和三哥幾乎像陌生人，連向來不喜歡過問私人情感的會長也忍不住勸學勝應該為大局著想。

在海薇結束訓練回來，王澔叫住了她：「海薇，你很忙嗎？我好久沒有和妳聊天了。」

「是啊！我這次也只停留一個禮拜，下週三，我會再回南投去。你最近還好嗎？」

「還好，下個月，有高雄的教練會帶我去移地訓練，接著可能會去香港參加比賽。」

「那很好，趁著年輕，要多磨鍊自己。千萬不要埋沒了自己的才華。怎麼樣？還在生二哥的氣啊？」

「是還有那麼一點。」

「其實不要太計較，二哥的經驗比你豐富，他拿冠軍是應該的啊！你還那麼年輕，機會還有很多。我看到我爸爸那裡有很多選手都是因為互相比較而讓感情變淡了，我真的不希望看到你們這樣。」

「我不是因為沒拿冠軍才生氣。」王澔低下了頭。

海薇以為他不好意思承認，拍了拍他的肩，「沒關係，大家都相信你可以再讓眾人跌破眼鏡的，得失心別那麼重。」

「我真的沒有。」王澔考慮了一會兒，終於告訴她：「我會生氣是因為二哥動了手腳。」

他將埋藏在心裡的芥蒂告訴了海薇，事情過了這麼久，除了五哥，他還沒有跟其他人說過。

「可是，五哥說的不是這樣。他說……你一下子沒辦法接受成績太差。因此，大家才決定讓你自行調適一下，不再提起這件事。」

王澔覺得奇怪，五哥為什麼不說真話呢？難道他也是擔心二哥的名譽？

海薇說：「我相信二哥不是這種人，而且，我想起來了，你那天的裝備也不是二哥組裝的。那天，二哥雖然想幫你檢查，但我看到，他一過去不久，就被五哥喊走了，五哥說他檢查過了，二哥點點頭便放心地離開。我想，絕對不可能是他。」

「那麼會是誰呢？」

「而且你想想，二哥本來就沒有意願參加比賽，這一次要不是會長希望我們大家去感受壓力，二哥才不會參加。再告訴你一個祕密，我爸告訴我，二哥在十幾年前就已經拿過在香港舉辦的世界盃亞軍了，你知道嗎？怒號天就是陳華生，他曾經那麼風光過，現在他如此隱藏自己，還會在乎這些頭銜嗎？他像訓練徒弟那樣的訓練你，我實在想不出他有任何理由來害你。」

「怒號天就是陳華生？」

海薇點點頭。

「你爸怎麼知道？」

「就在二哥帶你去高雄盃比賽的時候，他看見二哥了。」

原來，怪不得以前會長提到海薇的父親是辛教練時，他會那麼訝異。那可是同期的對手啊！

思前想後，王澔同意海薇的推論，怒號天的確沒有理由害他，那麼，會是誰呢？如果不是他？他為什麼不說呢？

海薇告訴王澔：「如果你要問我的意見，我會告訴你，算了吧，不要再去追究這件事。以後記得，不論在哪裡，比賽前，自己再做一次最後的確認和檢查，記起這次的經驗，然後，向前看！」

「就這樣？有人要陷害我哪，就這麼算了？」

「我不是鴕鳥心態，也不是逃避，不過，我想說，有些事不需要太追究。專注起來，培養自己的實力吧！」

王澔心想，也罷，再追究下去，會不會連替他檢查的五哥他也要懷疑下去？這段時間，他和二哥形同陌路，五哥真的對他很好，只要有空，都是五哥陪他練習。

去了一趟高雄和香港，移地訓練回來，大家都發現，王澔更成熟，也更進步了。

冤家路窄，王澔和怒號天總會碰上面，特別是一個要進門，一個要出門的時候。再怎麼樣，也很難裝作沒看見。

「王澔，要繼續努力，不要鬆懈。」怒號天看著王澔，他雖沒有笑，但眼神裡有一份柔和與期許。

「二哥，你當時為什麼不解釋？我知道不是你。」王澔自覺有愧，喃喃地問怒號天。

「有用嗎？那時的情況，你聽不進去的。」他遠眺著遠方，「聽我一句話，名利這件事是很可怕的。今天因為沒有牽扯到外人，所以我必須告訴你，過去的，就不要追究了，因為我相信，做這件事的人心中也必定不好過。但你還小，要懂得保護自己，外界的讚美也不要聽得太多。有一天，你可能會很好，但我希望你永遠都不要忘記，原來的你是怎樣。」

王澔流淚了，他很感動，他知道怒號天還是和從前一樣關心他，雖然他曾經那麼不懂事的罵過他。

他抹去淚水，笑著說：「你怕忘記我，那就把我的樣子拍下來啊。」說完，王澔真的拉開包包的拉鍊，拿出一台數位相機來。

「不用裝傻，不要打哈哈，我知道你聽得懂。只是希望你不只要明白，還要一直記在這裡。」怒號天用拳頭輕輕撞擊著王澔的心窩，臉上浮現的是篤定的神色。

王澔用力地點點頭，「二哥，我想和你照張相。」他轉頭看到五哥正走進來，忙把相機交給他，「五哥，幫我和二哥拍一張。」又黑又瘦又高的王澔，站在二哥身旁，抱著他。

二哥微笑了，閃光燈亮起來，五哥也笑了，他知道，自己正拍下一張生平可能是最輕鬆也最美好的一張相。

其實，在怒號天的心裡還有一些話，但他還不想告訴王澔，當年，當他到澳洲移地訓練，還是赫赫有名的陳華生的時候，海薇的老爸和他還有一段恩怨糾葛，歸咎原因，終究還是一個，名和利罷了。怒號天毅然決然地回來，換了一個名字，也換了一段重新追尋的生活。

王澔真的聽進了怒號天的話，他不再追究了，此刻，留存在他心中的，只剩下那一個艱難的挑戰而已。

他們必須練習，再練習。

23 乘風破浪

最重要的一天終於到了。

王澔幾乎整夜無眠，大多是勉強自己闔闔眼。依照行程，早上四點在菓葉集合。七點，他們將準時從海邊出發，前往嘉義的好美里海灘。

從上週起，他們就密切注意氣象報導。資料顯示未來一週的天氣將會不太穩定，時好時壞。可是，沒料到此刻的天氣竟如此的風和日麗。太強的風令人為他們的安全驚惶，但太弱的風也不行，無法在海上競速將會使整個航行的時間拉長，無形中也考驗著選手們的體力及耐力。

王澔很少這麼早起，他很早就上床，卻翻來覆去無法入眠。壓力總是難免的吧，他不斷問自己，這次能夠成功吧？希望可以的，他不停地在心中默禱。

第一次醒來，一點半。

接著是兩點，兩點十五，兩點二十……。時間好像走得特別慢，睡睡醒醒、醒醒睡睡，很折磨人。迷迷糊糊間，王澔好像看見他和海薇的帆要交接的時候，一陣浪襲來，海薇閃身旋轉帆的方向，卻控制不住地落了海，一下子，被浪帶得好遠，他既想完成任務，又不願意丟下海薇。最後他在浪裡翻滾，他一直游一直游，被浪衝得好高，接著是如雲霄飛車般俯衝而下，他不斷呼喊、不斷呼喊，額上沁出了冷汗。

鬧鐘響了。幸好，一切只是虛幻。他睡得不夠好，頭有點重，有點沉，雙腳仍覺得僵硬酸麻，好像方才真的在浪裡掙扎一般。

做個簡單的梳洗後，王澔背起了昨日整理好的行囊，爸爸媽媽已經

5
Adecco
17
Hôt
1-11
RENAULT

在樓下等著，準備載王澔往湖西出發。可芯來到王澔的房門口，難得她今天早早就起床。她有點擔心又強顏歡笑的說：「加油，老哥，一路側風。」

「嗯。」王澔轉身離去，這時，可芯又在他身後大叫了一聲：

「不要給我們家丟臉啊？」

「是，遵命！」

可芯笑了，王澔也笑了。

來到沙灘，會長夫婦、二哥、五哥已經在觀日樓打點裝備。天未亮，氣溫仍低，他們穿著厚重的大衣。

天色漸漸亮起來，光點逐漸耀眼，在菓葉這個地方，是澎湖看日出的好地點。要說看日出，王澔經驗不多，有一回特地到阿里山，等啊等、盼呀盼，天空從灰黑到漸漸透亮，接著閃出一道道金光。

「出來了！出來了！」那一聲聲的呼叫，可以感受到周圍所有圍觀者心中的激盪，那種興奮，彷彿百年難得一見。而情緒是會互相感染的，雖然他也不解為何有人可以冒著風寒露凍，就等那一刻鐘。

夕陽，他則是時常見的。有時一面架著風帆，一面享受著金碧輝煌、彩霞滿天。向晚的雲彩有些姹紅、有些嫣紫，像水染的布幔，和現在很不相同。

海薇的身邊站著三哥，他們又悄悄地牽起了手，給彼此打氣。四海會長見狀，欣慰地點點頭，畢竟，這兩個人還是識大體的，儘管讓大家擔心了那麼久，兩個很倔的人還是有一方先做了突破。

是，他們告訴對方，就算以後不能走在一起，再見，也是朋友。

長官做了一番簡單的開幕及鼓勵，並交接了會旗。第一梯次出發了，會長、二哥、五哥率先出航，王澔則先等在護航的船隻上。

白帆迎著細弱的微風飄揚，他看看天空，看著垂掛在胸前的平安

23 面對

符。會順利的吧?!他想著。大家做了那麼多的練習和努力，無論如何，他們是「八級風」！

海水悠悠，現在，關於台灣海峽，又將多了這麼一個故事。

海薇在面對戀愛的苦澀時對曾對他說：「任務結束以後，我也許會走。」

王澔很想留住他，但當時看海薇那麼痛苦，他也不知道，離開，會不會比較好。

在護航的船隻上，他看到大哥和二哥都那麼賣力的操帆，王澔感到熱淚盈眶，他多麼想大聲說：

你放心，「八級風」永遠不會散，即便當中有任何一個人離開，那個位置，也將永遠，為他留下來。

不同的年代，不同的故事（後記）

這是一篇和海有關的小說。其實，我並不局限自己要寫大海，但我和大海的確是有深厚的情感。學生時期，每當遇到心情低落，我不見得會找家人或朋友傾談，反而習慣哼著張雨生的「大海」，或靜靜眺望寬廣的海面。那一刻，什麼都忘記了，我的心情總能很快地平復下來，接著又若無其事地繼續我的生活。

大海，就有這麼神奇的、撫慰人心的力量。

這篇故事的初稿早在三年前就完成，當初寫這篇作品時，正完成碩士論文沒多久，筆正熱，看到帆渡黑水溝的報導，給了我寫作的靈感。我想藉這條主線去談談歷來曾在台灣海峽波濤翻湧的故事。也因爲素材較爲複雜，因此總覺得沒有處理好，加上態度不甚積極，作品便一直擱置著。今年年初，在沉澱思緒後，有了一些新想法。如今作品能與讀者見面，也好似擷取到四片葉子幸運草般幸運。

寫這篇故事時，似乎無形中也受到我碩士論文研究對象葉祥添的影響。葉祥添是第三代的美國華裔作家，他爲了要扭轉美人對華人的刻板印象，做了許多努力，也對華人祖先的移民史做了深入的探究，我欣賞他那實事求是的精神；他能巧妙地將歷史與故事結合，將小說寫得感動人心，這也與我的想法不謀而合。我認爲小說畢竟不是知識性讀物，它還是必須吸引人，讓讀者產生共鳴，儘管我做得仍不夠理想，但寫作時，我是試著要求自己這麼做。

藉此機會，想謝謝我的母校——台南師範學院語教系，是那裡奠定了我對兒童文學創作的興趣與根基；謝謝台東大學兒文所對我的教育與栽培，是那裡的老師開闊了我的視野。當然，也謝謝始終支持我的朋友及家人，他們總是給我自由的空間與溫情的鼓勵。許玉河主任在作品出版前不吝提出指正，非常感謝。

八人駕著風帆勇渡黑水溝，時間發生在二〇〇三年九月十八日，他們成功締造了金氏世界紀錄。但筆者並非在寫報導文學，小說中的年齡、職業雖偶有雷同，但人物及情節則全屬虛構，一些負面的性格只爲了使內容更具張力，無損於我對這些勇士們的敬佩。

也期盼，盡力打造的風帆故鄉能航向新的一片天。

作者簡介

花格子

澎湖人，台東大學兒文所畢業，現就讀台中教育大學語文教育博士班。

曾獲得台灣省兒童文學創作獎、菊島文學獎首獎、吳濁流文藝獎貳獎、台東大學兒童文學首獎、九歌少兒小說評審獎等。作品曾入選《九十三年童話選》（九歌）、《海峽兩岸佳作叢書》（江蘇少兒）、《台灣2005年兒童文學精華》（天衛）。

心願是：這個世界上好人愈來愈多，因為我們本來就都是好人。

繪者簡介

劉淑儀

生於一九六九年，國立台灣藝術專科學校畢業。原於室內設計公司任職，一九九八年開始個人插畫工作。作品不定期發表於雜誌、教材、商業文宣等，繪本《媽媽的禮物》、《*The Night Parade*》、《*Kenny the Nice Troll*》、《*Niko, Niko*》系列一～三。

九歌少兒書房 177

揚帆吧！八級風

著者　花格子
繪圖　劉淑儀
責任編輯　胡琬瑜
美術編輯　陳雅萍
發行人　蔡文甫
出版發行　九歌出版社有限公司
臺北市105八德路3段12巷57弄40號
電話／02-25776564・傳真／02-25789205
郵政劃撥／0112295-1
九歌文學網　www.chiuko.com.tw
印刷　晨捷印製股份有限公司
法律顧問　龍躍天律師・蕭雄淋律師・董安丹律師
初版　2008（民國97）年11月10日
初版3印　2014（民國103）年2月
定價　230元

書號　0170172
ISBN　978-957-444-557-8
（缺頁、破損或裝訂錯誤，請寄回本公司更換）

國家圖書館出版品預行編目資料

揚帆吧！八級風／花格子 著，劉淑儀 圖.--初版.
--臺北市：九歌, 民97.11
面；　公分. -- (九歌少兒書房; 第45集
；177)

ISBN 978-957-444-557-8　(平裝)

859.6　　　　　　97019199

九歌少兒書房